二見文庫

母と娘と寝室で

睦月影郎

目次

母と娘と寝室で

第一章　見覚えのある美少女

1

（あれ？　あの娘どこかで……）

久彦《ひさひこ》は、学生たちの顔を見回しながら、ふと一人の少女に目を止めて思った。

少女と言っても、大学生だから最年少でも一年生の、まだ誕生日前なら十八歳であろう。

天野《あまの》久彦は二十五歳の独身、この国文科の助手として教壇に立つのは今日が初めてであった。

講師の先生が急な用事で他出してしまい、久彦が代わりに講義することになってしまったのである。まあ前期試験も終え、間もなく夏休みになる七月中旬なので、あらかじめ用意してあったプリントを配り、ほとんど自習と同じだから、それほどの緊張もなかった。それに彼女たちも休み前で浮かれ、ややこしい質問などしてこないだろう。

ただ女子大だから、教室内に三十人ばかりの女子大生がいて、何とも言えない混じり合った匂いに股間が反応してきてしまった。

髪の匂いや体臭、蒸れた靴や汗の匂い、食べたものの混じった吐息が三十人分充満していた。

ただ、全員の視線を受けているものの、久彦は美青年でもなく小柄でダサい男だから、憧れの眼差しなど向けるものはいなかった。

実際、大学院を出るまで恋人が出来たことなど一度もなく、バイト代を貯めて一度だけ風俗に行ったきりである。しかし味気なく事務的な行為に燃えることはなく、また行こうという気にはなれなかった。

だからまだ素人の女性とは、ファーストキスどころか手を握ったこともなかったのである。

やがてプリントを配り終えると、全員が視線を落として国文のテキストを読み込みはじめた。

中には胸元の開いたブラウスから、豊かな谷間まで見える子もいる。皆の視線が久彦から離れたので、彼は遠慮なく彼女たちの顔を見回した。

しかし、一人だけ、彼を注視している美少女がいた。

（どこで会ったんだろう……。学内か、いや、もっと昔……？）

久彦は、彼女の可憐な眼差しを眩しく感じながらも記憶をたどった。

（そうだ、あのとき……、いや、あのときも……）

彼は順々に思い出しはじめた。

幼い頃、車にひかれそうになったとき、いきなり抱えて助けてくれたのは、あの顔ではなかったか。それから中学生の頃、他校の生徒にからまれたときも、

「警察を呼んだわよ！」

と怒鳴って、連中を追い払ってくれたのも、あの顔のお姉《女》さん《性》だったようだ。

さらには高校を出て、大学受験のとき雪で滑って階段を転げ落ちそうになったときも、大学時代に不良のカツアゲに遭ったときも、助けてくれたのは全てあの顔ではないか。

（彼女は、歳を取らないのか？　いや、まさかそんなことが……）

以前は、危機を救ってくれるヒロインのお姉さんであり、いま見ると可憐で愛くるしい美少女である。

セミロングの黒髪に化粧気のない素顔が整い、笑窪が魅力的だった。

彼女は久彦を見つめ続けているので、それはまるで、

「私が分かる？　思い出した？」

とでも言っているようである。

やがて久彦も一応テキストに目を落として確認し、思い出したように彼女の方を見ると、やはりこちらを見ていた。からかっているふうでもなく、ただ熱い視線を送り続けているのだ。

女の子に、そんなに長く見つめられることなど初めてなので、次第に久彦も息苦しくなってきた。

「では、特に質問もないようなら、各自読んでおいて下さい。少し早いけれど、これで」

久彦が言うとみな顔を上げ、帰り支度をはじめた。別に文句も出ず、メインの先生がいないのでしょうがないと納得してくれたようだ。

女学生たちが教室を出ていくと、久彦もテキストを仕舞って腰を上げた。

するると最後に残った彼女が、久彦に近づいてきた。

「天野先生」

「ああ、まだ新米の助手だから、さん付けでいいからね」

彼女が残ってくれていて良かったと思い、久彦は答えた。いろいろ訊きたいことがあったのである。

「じゃ久彦さん」

他に誰もいなくなると、美少女は急に親しげに笑みを浮かべて言い、学生証を出して見せた。

それには、白澤《しらさわ》亜美《あみ》、とあるが、もちろん名に記憶はない。

「うん、話すのは初めてだよね？」

「ええ、この学内では初めて。でも久彦さんが幼稚園の頃から、ずっとそばで見守ってきたわ。中学も高校も大学も」

「え……」

亜美の言葉に、久彦は絶句し、全身を硬直させた。何やら、夜に見ていた夢を全て言い当てられたような気分である。

「ど、どういうこと……？」

「久彦さんが、さっき私を見て思い出した全てのこと」

「く、詳しく聞きたいのだけど……」

「ええ、出ましょう。もう今日は何の予定もないでしょう？」

亜美が言い、久彦は戸惑いながら一緒に教室を出た。確かに、今日はもう何の用事もなく、近くのアパートへ帰るだけである。

久彦の実家は湘南だが、大学時代からはずっとこの、都下郊外にあるH市のアパートに住んでいた。

大学はもちろん別だが、教授の紹介で、近くにあるこの女子大の助手を務めることになったのが四月、まだ三カ月であった。

午後二時、大学を出ると亜美は彼を案内するように歩きはじめた。

「どこへ？」

「すぐ近くにある私の家。訊きたいことが山ほどあるでしょう？　幼稚園のとき自動車から守ったり、階段から落ちそうになったり不良にからまれたり、本当に世話が焼けるわ」

「うわ……、君は一体、何なの……？」

「普通のわけないでしょう。あ、ボールが飛んでくるわ」

亜美が言うなり、近くの公園で草野球をしていた子の打ったボールが彼の顔面に飛んできた。

「ひい！」

思わず息を呑んで肩をすくめると、亜美が手を伸ばして発止と受け止め、すぐ投げ返していた。

「お姉さん、ありがとう、すごいね」

子供が受け取って言い、久彦は動悸も治まらないまま、またさっさと歩きはじめた亜美を追って従った。

（ふ、普通の人間ではない……？　では幸運の女神……？）

彼が心の中で思うと、

「そんなすごいものじゃないわ。ただ未来が分かる妖怪、白澤《はくたく》の一種」

亜美が声に出して答えたので、また彼は身をすくませた。

「は、はくたく……」

国文科の久彦は、聞いたことがあった。彼女の姓と同じ漢字である。

確か白澤とは、三つ以上の目を持ち、獅子か麒麟に似た動物ではなかったか。

疫病や政治のことを予知する聖獣として知られるが、予知といえば人魚やアマビエ（アマビコ）、件（くだん）やクダベなどの妖怪もいる。

間もなくして、閑静な住宅街の奥に、彼女の家があった。

門構えが立派で、白澤の表札があって駐車場に車が停まり、二階建ての洒落た洋風建築である。

日本の妖怪でも、家は洋式らしい。まあ、その方が住みやすく防犯上にも良いのかも知れない。

「この家には？」

「母と二人で住んでいるの。父はもういないわ。離婚して海外に」

亜美が言って門を開け、彼を招き入れた。大豪邸というほどではないが、母娘二人ではかなり広い方だろう。

玄関から招き入れられ、久彦は上がり込んだ。

「まあ、いらっしゃい、久彦さんね。お待ちしておりました」

すると、魅惑的な熟女が出てきて笑顔で迎えてくれた。色白豊満で髪をアップにした美形、まだ四十少し前に見えた。

どうやら、久彦の来訪を予知していたようだった。

これが亜美の母親で、佐和子《さわこ》というらしい。白澤佐和子だから、いかにも白澤

(はくたく)という感じである。

「こんにちは、天野です。突然お邪魔してすみません」

久彦は、美熟女を前に緊張しながら挨拶したのだった。

2

「じゃお二階へ行くわね」

「ええ、私はお買い物に出るので、どうかごゆっくり」

亜美が言うと、佐和子は久彦に言い、すぐにも家を出ていった。車の出てゆく音がし、久彦は亜美に誘われて階段を上がった。

二階の部屋は、八畳ほどの洋間で、窓際にベッド、手前に机と本棚、あとは作り付けのクローゼットなどだ。

ごく普通の女子大生の部屋といった感じで、室内には生ぬるく甘ったるい思春期の体臭が感じられ、その刺激が彼の股間に響いてきた。

何しろ、他に誰もいない密室に美少女と二人きりなのである。

亜美はベッドの端に座り、彼には学習机の椅子をすすめた。

「まず、とにかくお礼を言わないと。色々助けてくれてありがとう。その時々は、礼を言おうにも君は姿を消していたから」

まだ信じられない気持ちは大きいが、とにかく自分だけの思い出を彼女が知っていたのだから、亜美に助けられていたのは確かかも知れないと思いつつ礼を言った。

「ええ、もちろんこれからも守っていくわ」

「でも、どうして僕を……」

「それは、あなたが私の旦那様になる人だと決まっているから」

「え……」

言われて、久彦は嬉しさよりも戸惑いと驚きの方が大きくて絶句した。

「決まっているって……」

「その前に、白澤のことを説明しないと。私たちの一族は、元は人と同じ姿ではなかったけれど、人間の男と交わって子孫を作り、どんどん人に近い姿になっていったの。今はほとんど、人と変わらない暮らしをしているけど、能力は失われていないわ」

亜美が話しはじめた。

「人と同じでない姿って……」

「絵に残っている恐い獣ではなく、アマビエに近いかも知れないわ」

言われて、久彦はアマビエの絵を思い出した。髪が長く、人魚のように鱗があるが脚は三本。

鱗ではなく木の葉という説もあるから、海と山の両方の特性を持ち、未来を予知し、疫病を退散させるといわれる。

「それで、常に人の男と婚姻をして……」

「ええ、最も良い子孫を残せるのが、あなたの種だと昔から分かっていたの」

「そ、それなら、もっと十代の頃に言ってくれれば、モテずに悩まなくて済んだのに……」

こんな美少女が恋人だったら、どんなに輝かしい高校時代だっただろうと久彦は思いながら言った。

「私の話を理解できるのが、今だったの。早いか遅いかという年齢ではなく、素質の問題で、私のパパのようにやはり無理と言って去っていく人もいるけど、子さえ出来ればあとは自由でいいわ。そのかわり」

「そ、そのかわり……？」

何か恐いことが起きるのではないかと、彼は警戒しながら訊いた。

「一度の交接で孕《はら》むので、その時に一生分の子種を吸い取るわ。だから、別れたあと人の女と再婚しても、もう二度と子は出来ない」

「じゃ、あとは誰としても避妊は要らず、ナマの中出しが出来る……」

「呆れた。することしか考えていないのね」

亜美が愛らしい顔で嘆息した。

「確かに、人間の女とは何度交わっても子は出来なくなるわ。でも、もちろんザーメンは出るし快感に変わりはないの」

「そ、それなら安心……」

「子が出来たら去っていきたいの？」

「そ、そんな意味じゃないよ。出来れば一生君と添い遂げたい」

いつしか久彦は、亜美の話す正体を全面的に信じていた。

「ええ、分かってるわ。あなたは死ぬまで私の側から離れない」

さすがに予知能力があるだけに、亜美も確信を込めて言った。

「もちろん人間の女といくら交わっても、私たちは嫉妬しないから安心して」

「わあ、嬉しい」

久彦は緊張を解き、とにかく早く目の前の美少女とセックスしたいと思い、ムクムクと勃起しはじめた。

たとえ、一度の交接で自分の子種が全て吸い取られようと悔いはない。女性に全くモテない自分は一生、素人童貞で終わるかも知れないという恐れさえ抱いていたのだ。

「しかも交わると、私の体液も吸収して、妖怪の力が得られるわ」

「ど、どんな力？」

「ある程度、相手を言いなりにさせる力。だからどんな女でも抱くことが出来るでしょうね」

「うわあ、何という幸運だろう。それで、デメリットは？」

「心配性ね。今は共存の時代で、全ての妖怪も人に害をなすような仕打ちはしないから、何の心配も要らないわ」

「うん、分かった。僕の子種なんかで良いなら、いくらでもあげよう」

久彦は激しく勃起して言った。

恐らく佐和子も、二人がセックスするのを予知して外出してくれたのだろう。

「ええ、じゃ好きにしていいわ。でも途中で漏らしたりしないで、ちゃんと中で出してね」

「うん！」

彼が元気よく返事をすると、亜美は手早く服を脱ぎはじめてくれた。

久彦も興奮に息を震わせながら、たちまち全裸になり、彼女のベッドに横たわっていった。

やはり人と同じ構造で飲食や寝起きをしているから、枕には汗や涎らしき悩ましい匂いが沁み付き、その刺激が鼻腔からペニスに妖しく伝わってきた。

亜美も一糸まとわぬ姿になり、添い寝してきてくれた。

「ああ、嬉しい……」

久彦は感激しながら身を寄せて言い、彼女の腕をくぐり抜け、甘えるように腕枕してもらった。

生ぬるくジットリ湿った腋の下に鼻を埋め、息づく乳房を見ると、それは思っていた以上に豊かだった。

いったい亜美が何歳なのか分からないが、話では処女だろうし、実際乳首も乳輪も、実に初々しく清らかな薄桃色をしていた。

亜美はじっとして息を詰め、緊張しているのか羞恥を覚えているのか窺い知れなかった。あるいは一族の存続のため、孕むことのみに集中しているのかも知れない。

腋の下を嗅ぐと、何とも甘ったるい汗の匂いが濃厚に籠もり、悩ましく鼻腔を刺激してきた。

（ああ、女の子の匂い……）

久彦はうっとりと胸を満たしながら感激に包まれ、さらに顔を移動させてチュッと乳首に吸い付いていった。

「あん……」

亜美が声を洩らし、ビクリと肌を震わせて反応しながら、仰向けの受け身体勢になってくれた。

彼ものしかかり、左右の乳首を交互に含んではコリコリと硬くなっている乳首を舌で転がし、顔中を膨らみに押し付けて感触を味わった。美少女の乳房は、柔らかさよりもまだ硬い弾力が感じられた。

両の乳首を充分に味わうと、亜美もクネクネと身悶え、やがて久彦は白く滑らかな肌を舐め降りていった。

唯一の風俗体験では受け身一方で、自分から積極的に愛撫していないから、こうして行動するのが実に新鮮な感覚だった。

愛らしい縦長の臍を舌先でチロチロと探り、ピンと張り詰めた下腹の弾力を顔中で味わい、さらに腰のラインから太腿、脚を舐め降りていった。

本当は早く割れ目を舐めたり嗅いだりしたいが、すぐ入れたくなってあっという間に終わりそうだった。

せっかく絶世の美少女の全身を好きに出来るのだから、やはり肝心な部分は最後に取っておき、念入りに隅々まで味わいたかったのだ。

足首まで降りていくと彼は足裏に回り込み、踵《かかと》から土踏まずに舌を這わせ、指の間に鼻を割り込ませて嗅いだ。

そこは汗と脂に生ぬるく湿り、蒸れた匂いが濃厚に沁み付いていた。

久彦は美少女の足の匂いを貪り、爪先にしゃぶり付いて順々に指の股にヌルッと舌を挿し入れて味わった。

「あう……」

亜美が呻いて身を強ばらせ、唾液に濡れた指先でキュッと彼の舌を挟み付けてきた。

彼は両足とも味と匂いを充分に味わうと、いったん顔を上げて亜美をうつ伏せにさせた。

そして踵からアキレス腱、脹《ふく》ら脛《はぎ》から汗ばんだヒカガミ、ムッチリした太腿から尻の丸みを通過し、腰から滑らかな背中を舐め上げていった。

3

淡い汗の味のする背中は、案外感じるように亜美が顔を伏せて喘いだ。

「あぁッ……、くすぐったいわ……」

久彦は肩まで舐め上げ、美少女の髪に鼻を埋めて嗅いだ。

柔らかな髪は夏の陽射しを含んでふんわりと温かく、汗やリンスの香りに混じり、まだ乳臭く幼い匂いが感じられた。

彼はしなやかな髪を掻き分け、耳の裏側に籠もった汗の匂いも貪ってから舌を這わせ、再び肩から背中を舐め降り、たまに脇腹にも寄り道しながら尻に戻ってきた。

うつ伏せのまま股を開かせ、彼は間に腹這いになって尻に顔を寄せた。

大きな水蜜桃のような白く丸い尻に両の親指を当て、グイッと左右に広げると谷間にひっそり閉じられたピンクの蕾が見えた。

何と可憐で美しいものが、誰も見えないところに隠れているのだろう。

久彦はジックリ見つめてから鼻を埋め込み、蒸れて籠もる汗の匂いを貪った。

顔中に双丘が密着して弾み、彼は充分に嗅いでからチロチロと舌を這わせて息づく襞を濡らし、ヌルッと潜り込ませた。

「く……！」

亜美がうつ伏せのまま呻き、キュッと肛門で舌先を締め付けてきた。

久彦は中で舌を蠢かせ、滑らかな粘膜を探ってから、ようやく舌を引き離して顔を上げた。

そして再び仰向けにさせると、亜美も素直に寝返りを打った。

片方の脚をくぐって股間に顔を寄せ、白くムッチリした内腿を舐めて割れ目に迫った。

（アア、とうとう神秘の部分まで来た……）

久彦は感激と興奮に目を凝らした。ぷっくりした丘には、楚々とした若草が淡く煙り、割れ目からはみ出した花びらが蜜に潤っていた。

ただでさえ亜美の存在そのものが神秘なのに、さらに秘めやかな割れ目まで辿り着いたのである。

そっと指を当てて、はみ出した陰唇を左右に広げると、微かにクチュッと湿った音がして、中身が丸見えになった。

柔肉全体も綺麗なピンクでヌメヌメと果汁が溢れ、まだ処女の膣口が、花弁のように襞を入り組ませて息づき、ポツンとした小さな尿道口もはっきりと確認できた。

そして包皮の下からは、想像していたより何とも大きめのクリトリスがツンと突き立っていた。それは幼児のペニスほどもあるので、あるいはアマビエの三本脚の名残かも知れない。

久彦は艶めかしい眺めと、内腿の間に籠もる熱気と湿り気に誘われ、吸い寄せられるように顔を埋め込んでいった。

柔らかな恥毛に鼻を擦りつけて嗅ぐと、生ぬるく蒸れた汗の匂いに混じり、残尿の成分も鼻腔を刺激し、さらに処女の恥垢か、淡いチーズ臭も混じって彼の胸を掻き回してきた。

（ああ、なんていい匂い……）

彼は何度も深呼吸して、美少女の匂いを貪った。何しろ風俗嬢は無味無臭だったから、こうしてナマの匂いに触れられるのがこの上なく嬉しく、また興奮するのだった。

嗅ぎながら舌を這わせ、陰唇の内側に差し入れると、淡い酸味のヌメリが舌の動きを滑らかにさせた。

　膣口の襞をクチュクチュ掻き回し、味わいながらゆっくり大きめのクリトリスまで舐め上げていくと、

「アアッ……！」

亜美がビクリと顔を仰《の》け反らせて熱く喘ぎ、内腿でキュッときつく彼の両頬を挟み付けてきた。

　久彦は彼女のもがく腰を抱え込み、執拗にクリトリスを舐め回し、チュッと含んで吸い付いては、新たにトロトロと溢れてくる愛液をすすった。

「も、もうダメ……、いきそう……」

　亜美が言って身を起こし、本当に絶頂を迫らせたように彼の顔を股間から追い出しにかかった。ようやく彼も美少女の前も後ろも味わってから顔を離し、仰向けになっていった。

　すると亜美が彼の股間に移動し、大股開きにさせて真ん中に腹這いになり、可

憐な顔を迫らせてきた。

「ああ……」

風俗嬢と違い、無垢な視線を股間に受けると、久彦は興奮と羞恥に喘ぎ、激しく勃起したペニスをヒクヒクと上下に震わせた。

すると亜美は、まず彼の両脚を浮かせ、自分がされたように尻の谷間を舐め回してくれたのである。

「あう、そんなことしなくていいのに……」

久彦は、美少女の舌がヌルッと肛門に潜り込むと、申し訳ない快感に呻きながら、モグモグと味わうように舌先を締め付けた。

彼女が熱い鼻息で陰嚢《いんのう》をくすぐりながら、中で舌を蠢かせてくれると、まるで内側から刺激を受けるように勃起したペニスがヒクヒクと震えた。

ようやく脚が下ろされると、亜美は舌を移動させて陰嚢をしゃぶり、二つの睾丸を念入りに舌で転がしてくれた。

「ああ、気持ちいい……」

股間に熱い息を受けながら、久彦は新鮮な快感に喘いだ。

モテない代わりに性欲が強くて、オナニー回数だけは多く、日に二回三回と抜いてからでないと眠れないほどである。

そして陰嚢も、実に感じることを発見した。

いや、これほどの美少女になら、何をされても最高の気持ちになってしまうだろう。

やがて袋全体を生温かな唾液に濡らすと、さらに亜美が前進し、いよいよ肉棒の裏側をゆっくり滑らかに舐め上げてきた。

先端まで来ると、そっと幹に指を添え、粘液の滲む尿道口をチロチロと舐め、張り詰めた亀頭をくわえた。

そのまま丸く開いた口にスッポリと喉の奥まで呑み込むと、熱い鼻息で恥毛をそよがせながら、幹を丸く締め付けて吸い、口の中ではクチュクチュと舌をからませてきた。

「アア……」

久彦は溶けてしまいそうな快感に喘ぎ、美少女の生温かな唾液に濡れたペニスをヒクヒク震わせた。さらに快感に任せ、ズンズンと小刻みに股間を突き上げはじめると、

「ンン……」

喉の奥を突かれた亜美が小さく呻き、合わせて顔を上下させ、スポスポと濡れた口で強烈な摩擦を開始してくれた。

「い、いきそう……」

絶頂を迫らせた彼が口走ると、すぐにも亜美がチュパッと軽やかに口を引き離してくれた。

「じゃ、入れたいわ」

「うん、跨いで上から入れて……」

彼女が顔を上げて言うと、久彦は仰向けのまま答えた。

風俗では、女性が仰向けになって入れて下さいというので挿入したが、早く入れて終えてくれと言われた気がし、ペニスも萎えがちだった。それでも勿体ないので何とか挿入し、何度か抜けそうになりながらも、腰を動かして辛うじて果てることは出来たが、快感より疲れの方が上回ったのだ。

やはり経験がないので、上になると気負いばかりが先に立ち、あまり良いとは思えなかったのである。

そのてん女上位なら、自分は仰向けで腰が安定し、抜ける心配もない。

それに久彦は、亜美の美しい顔を下から仰ぎたい気持ちが大きかったのだ。

亜美はすぐにも身を起こして前進し、彼の股間に跨がると、唾液に濡れた幹に指を添え、自分から割れ目を先端に押し付けてきた。

このためらいのなさは、やはり普通の処女とは違うのだろう。

生殖が大目的だし、一族の未来をも背負っているのだ。

それでも、何百年生きているのか分からないが、とにかく亜美にとっては、これは重要な初体験なのである。

さすがに緊張はあるようで、息が震え、やがて位置を定めると彼女は意を決してゆっくり腰を沈み込ませてきた。

張り詰めた亀頭が潜り込むと、あとは潤いと重みに任せ、ヌルヌルッと滑らかに根元まで受け入れていった。

「アアッ……！」

亜美が顔を仰け反らせて熱く喘ぎ、完全に座り込むとピッタリ股間を密着させてきた。

久彦も、熱く濡れた肉襞の摩擦と温もり、きつい締め付けに包まれながら快感を嚙み締め、懸命に暴発を堪えた。

中出しが目的だが、やはり少しでも長くこの快感を味わっていたい。

それに子種が含まれているのは、この一回きりなのである。

亜美は目を閉じ、硬直した上体を反らせ気味にしながら、密着した股間をグリグリと擦り付け、やがて身を重ねてきた。

4

「大丈夫？　痛くない？」

「ええ、とってもいい気持ち……」

気遣って久彦が囁くと、亜美も眉をひそめることなく、快感を味わっているようだった。

それならと安心し、彼も下から両手を回して抱き留め、僅かに両膝を立てて彼女の尻を支えた。

張りのある乳房が彼の胸に密着し、心地よく押し潰れて弾力が伝わった。恥毛も擦れ合い、コリコリする恥骨の感触も味わえた。

彼は充足感に、いま初めて女性と一つになれた思いだった。

動くとすぐ果ててしまいそうなので、彼は温もりと感触を味わいながら、下から亜美の顔を引き寄せ、ピッタリと唇を重ねた。

美少女の密着する唇は、グミ感覚の弾力と唾液の湿り気があり、彼は舌を挿し入れて滑らかな歯並びを左右にたどった。

すると彼女も歯を開いて受け入れ、遊んでくれるようにチロチロと舌をからめてきた。

美少女の舌は生温かな唾液に濡れて滑らかに蠢き、何とも美味しかった。

もっと飲みたいと思うと、彼の心根を読んだ亜美が、トロトロと口移しに大量の唾液を注いでくれた。

久彦は、小泡の多い粘液を味わい、うっとりと喉を潤し、甘美な悦びで胸を満たした。

そして息づくような膣内の収縮に堪らず、ズンズンと股間を突き上げはじめてしまった。

「アア……、いい気持ち……！」

亜美が口を離して喘ぎ、合わせて腰を動かしはじめた。たちまち二人の動きがリズミカルに一致し、溢れる愛液で律動が滑らかになった。

美少女の吐き出す息は、熱く湿り気があり、まるでリンゴかイチゴでも食べた直後のように何とも甘酸っぱい匂いがして、悩ましく鼻腔が刺激された。

久彦は亜美の吐息を嗅いで酔いしれながら、股間の突き上げを速めると、動きに合わせてクチュクチュと湿った摩擦音が聞こえ、溢れた愛液が彼の肛門の方にまで生温かく伝い流れた。

いったん動くと、もうあまりの快感に腰が止まらなくなってしまった。

膣内の収縮と摩擦も最高で、たちまち急激に絶頂が迫ってきた。

「い、いきそう……」

「いいわ、私も……」

囁くと亜美も果実臭の息を弾ませて答え、締め付けを強めてきた。

もう久彦も我慢することなく、亜美の喘ぐ口に鼻を押し込み、濃厚に甘酸っぱい息を胸いっぱい嗅いで股間を突き上げながら、一気にフィニッシュまで突っ走ってしまった。

「く……！」

たちまち彼は大きな絶頂の快感に全身を貫かれて呻き、同時に熱い大量のザーメンをドクンドクンと勢いよく内部にほとばしらせた。

風俗の時はコンドームを装着したので、これが子種のある最初で最後の、膣内への射精であった。

「あ、熱いわ、気持ちいい……、アアーッ……！」

亜美も、奥深い部分を直撃されると声を上ずらせ、ガクガクと狂おしいオルガスムスの痙攣を開始した。

膣内の収縮が高まり、まるでザーメンを飲み込むようにキュッキュッときつく締め上げられた。

「あうう、すごい……」

久彦は、あまりの快感に身震いしながら射精を続けた。まるで歯のない口に含まれ、強く吸い出されているようだった。

やがて、延々と続いていた射精もようやく終わり、彼は最後の一滴まで出しきると、すっかり満足しながら動きを弱めていった。

「ああ……、溶けてしまいそう……」

亜美も、精根尽き果てたように声を洩らすと、肌の強ばりを解いてグッタリともたれかかってきた。

（これで、本当に命中したのだろうか……）

久彦は思い、まだ名残惜しげな収縮を繰り返す膣内に刺激され、射精直後で過敏になった幹をヒクヒクと中で跳ね上げた。

そして力を抜いて体重を預けてくる美少女の重みと温もりを受け、甘酸っぱい息を嗅ぎながら、うっとりと快感の余韻に浸り込んでいった。

「命中したわ。あとは、私にも他の女にも、どこへ出そうと自由……」

亜美が嬉しいことを言ってくれ、そろそろと股間を引き離すとゴロリと添い寝してきた。

とにかく、これで久彦は、パイプカットでもしたように子種は消滅したのだ。

呼吸を整えてティッシュを探したが、ペニスはろくに濡れていない。どうやら全て彼女の中に吸収されたようだ。

身を起こし、彼女の割れ目を覗き込むと、破瓜の出血もないし、膣口からザーメンが逆流することもなかった。

「シャワー浴びましょう」

亜美が言って身を起こすので、彼もベッドを降りた。ティッシュを使うまでもないほどヌメリが吸収されているが、やはり気分の問題で身体を洗い流したいのだろう。

二人は全裸のまま階段を下りたが、初めて来た他人の家で、裸で歩き回るのは妙な気分である。

リビングの調度品は、どれも高級なものらしかった。

「亜美ちゃんのママは、何か仕事でもしているの？　それとも別れた旦那の慰謝料とか」

「何もしていないわ。この家も生活費も、全て宝くじの当選金」

「うわ、そうか。未来が予知できるのだからな……」

久彦は驚き、やがて二人で広いバスルームに入った。

シャワーの湯で互いの全身を洗い流し、湯に濡れた美少女の肌を見ているうち彼はムクムクと回復していった。

「ね、してみたいことがあるのだけど」

「いいわ」

言うだけで心が通じ、亜美は立ち上がって、床に座っている彼の顔に股間を迫らせてくれた。

さらに彼女は片方の足を浮かせてバスタブのふちに乗せ、自ら指で陰唇を広げて見せてくれた。

久彦は割れ目に鼻と口を付けて舌を這わせたが、もう恥毛に籠もっていた濃い匂いは薄れてしまい、それでも舐めると新たな愛液に動きが滑らかになった。

「ああ、出るわ、いいのね……」

亜美が言い、割れ目内部の柔肉を迫り出すように盛り上げると、急に味わいと温もりが変化した。

そう、久彦は美女のオシッコを味わいたいという強い願望を持っていたのだ。

たちまち熱い流れがチョロチョロとほとばしり、彼は舌に受けて味わった。

それは味も匂いも淡く控えめで、まるで薄めた桜湯のように抵抗なく喉を通過していった。

しかし勢いが増すと口から溢れた分が、温かく胸から腹に伝い流れ、すっかりピンピンに回復したペニスを心地よく浸した。

「アア、変な気持ち……」

亜美が息を弾ませて言ったが、あまり溜まっていなかったか、間もなく流れが弱まり、すぐ治まってしまった。

久彦は余りの雫をすすり、残り香の中で割れ目内部を舐め回した。すると新たな愛液が溢れ、淡い酸味のヌメリが満ちていった。

「も、もういいでしょう……、今度は私が……」

亜美が言って股間を離し、脚を下ろして座り込んできた。どうやら彼女も、久彦がもう一回射精したい気持ちを察しているのだ。

入れ替わりに身を起こし、バスタブのふちに座った彼は亜美の顔の前で大股開きになった。

すぐにも彼女がペニスにしゃぶり付き、顔を前後させてスポスポと強烈な摩擦を開始してくれた。

「ああ、気持ちいい、いきそう……」

久彦は股間に美少女の熱い息を受けて喘ぎ、唾液にまみれたペニスをヒクヒク震わせた。亜美も濃厚な愛撫を続行し、唾液に濡れた唇と舌の蠢き、吸引と摩擦を繰り返してくれた。

たちまち久彦は二度目の絶頂を迎え、美少女の口を汚すことに一抹のためらいがあったが、それも禁断の快感となって昇り詰めた。

「く……！」

短く呻くと同時に、ありったけのザーメンが勢いよくほとばしり、亜美の喉の奥を直撃した。

「ク……、ンン……」

亜美が小さく呻いたが、噎《む》せることもなく吸い出してくれた。

まるでペニスがストローと化し、陰嚢から直に吸われているような妖しい快感が湧き、彼は心置きなく最後の一滴まで出し尽くしてしまった。

やがて出しきると亜美も愛撫を止め、亀頭を含んだまま口に溜まったザーメンをコクンと一息に飲み干してくれた。

「あう……」

嚥下《えんげ》とともに口腔がキュッと締まり、彼は駄目押しの快感に呻いた。

ようやく彼女も口を離すと、両手で錐揉みするように幹を刺激して余りを搾り、白濁の雫が尿道口に脹らむと、それも丁寧にペロペロと舐め取ってくれたのだった。

「も、もういいよ、ありがとう……」

久彦は過敏に腰をよじりながら、降参するように言ったのだった。

「美味しい……」

亜美が舌を引っ込め、可憐な眼差しで彼を見上げて言った。

やがて二人でもう一度全身を流し、身体を拭いてバスルームを出たのだった。

5

「やっぱり、人と同じ十月十日《とつきとおか》ぐらいで出産？　悪阻《つわり》とか陣痛は？」

「普通にあるけど、人間ほど辛くないと思うわ」

駅まで歩きながら久彦が訊くと、亜美が答えた。互いの住まいは、駅を挟んで反対側にある。

「じゃ大学は、出産の頃は休学するのかな」

「別に、久彦さんに会うためにに通ってただけなので、来年はもう行かなくていいかも」

亜美が、愛くるしい笑顔で言う。

（猫タイプの顔だな……）

久彦は思い、二回射精したのに、すぐにまたしたくなってしまった。

まあ彼女にしてみれば、もう妊娠したのだから目的は達成し、あとは入籍したり同居したりは久彦の自由で、他の女に手を出すのも自由。ただ会いたければ、いつでも亜美は彼を夫として会ってくれるのだろう。

「昔から男は、女のタイプを動物に喩えるのね」

亜美が、彼の心根を読んで言った。

「江戸時代は女を、狸派と狐派に分けたりしたわ。どちらも人を化かすけど。江戸後期の都々逸《どどいつ》にはこんなのもあるわ」

亜美が言う。都々逸は、七七七五の俗謡である。

「女将は狸で芸者は子猫、通うお客は馬と鹿」

「ははあ、なるほど」

彼は感心しながら、亜美は江戸時代から生きていたのかと思った。そうならば実に長い処女期間であった。

「久彦さんは、犬派の女より猫派の方が好きなの？」

「うん、でも手ほどきして欲しかった頃は、牛派の美熟女に憧れていた」

「牛派？」

「瀬川瑛子《せがわえいこ》みたいに、どんな変な要求をしても、もう、と言って願いを叶えてくれるタイプ」

「そう、ママが喜ぶわ」

「なぜ？」

「ママは、元は件だから」

「く、くだん……！」

久彦は震え上がった。

件は牛面人身の妖怪で、彼は高校時代の真夜中に小松左京の『くだんのはは』を読み、あまりの怖さに夜明けまで身動きできなかったのだ。

「もちろん人との混血が繰り返されているから、もう元の姿には戻らないわ」

言われて安心し、久彦は佐和子の熟れた美貌にも淫気を湧き上がらせてしまったが、この気持ちも読まれていると思いドキリとした。

人間の女には嫉妬しないと言っていたが、同じ妖怪の女には激しい悋気《りんき》を抱くかも知れない。

「大丈夫よ。ママとならしてもいいわ。それに他の妖怪は、ここらには出没していないから」

亜美が言い、久彦は安心したものだった。

やがて駅まで歩いて来ると、亜美は買い物するというので、そこで別れることとなった。

「これ」

すると亜美が、彼にメモを手渡した。見ると、一桁と二桁の数字が七つ書かれている。

「これは？」

「今夜発表になる宝くじロト7の当たり番号。書き写したらこのメモは捨てて」

「う、うん、分かった……」

「じゃまた明日大学で」

亜美は言い、手を振って商店街の方へと行った。

それを見送ると久彦は駅の反対側に出て、そこにあった宝くじ売り場でロト7の用紙に、七種類の数字をマークシートし、二百円だけ払って券を買った。そしてメモは捨て、アパートに戻ったのである。

アパートは、六畳一間に狭いキッチンとバストイレ。

万年床と机と本棚、小型テレビとパソコン、小型冷蔵庫などが置かれ、基本的に飯を炊いて総菜を買ってくる自炊である。

（とにかく、あんなに可愛い恋人が、いや、妻が出来たんだ……）

久彦は、限りない幸福感に包まれて万年床に仰向けになった。

まだ全身には美少女の感触と、鼻腔には匂いが残っているようだ。

だから、またすぐにもムクムクと勃起しそうだった。

しかし亜美が自由になるのだから、オナニーしてしまうのは勿体なかった。

強く念じれば、亜美が来てくれるかも知れないが、あまりに飽食するのも良くないだろう。

いずれ出産すれば一緒に暮らしたいし、それまでは他の美女とも懇《ねんご》ろになりたかった。

（まあ、今日は感激に浸るだけにしておこう……）

久彦は亜美とのあれこれを思い出しながらゴロゴロし、やがて日が暮れたので起き上がって夕食の仕度をした。

冷や飯と味噌汁を温め、買ってあったハムと野菜を炒めて、テレビのニュースを見ながら食った。

そして洗い物を終えるとパソコンに向かい、メールチェックをしてＳＮＳを巡った。ネット仲間は、高校や大学の友人が数人だけである。

（あ、そうだ……）

彼は思いだし、宝くじのサイトを検索し、今日買った券を出した。

ロト7の一等は、今回は七億円である。

「あ、当たったあ……！」

久彦は七つの番号を照らし合わせ、全て一致していることに声を上げ、目を丸くして何度も確認した。

「な、七億……、どうしよう……」

あまりの高額に、彼は感覚が分からなかった。こんなことなら亜美に、当たるなら五百万ぐらいでいいと言っておけば良かったと思った。

（とにかく、このボロアパートを出てマンションでも買って、ソファと大型テレビとベッド、そう、亜美が来るのでダブルベッドがいいな。それから電子レンジと食卓に、大型冷蔵庫に背広も新調して……）

久彦は買うものをメモしていったが、合計しても数千万で済むだろう。

彼は免許がないので車を買うことはないし、マンションだって、いずれは亜美と暮らすにしても、今は一人なのだからそんなに広くなくて良い。

（実家にも送金しようか……）

思ったが、両親は平凡な会社員とスーパーのパートで、欲はないからお前が好きに使えと言うに決まっている。それなら言わずに、何かの時のために貯えておく方が良いだろう。

寄付も目立つのは嫌だし、匿名だと亜美の好意を無にするようで嫌だ。分けるほど義理のある友人はいないし、今までも借金はない。とにかく預金して、衝動買いや無駄遣いをしないように自分を戒《いまし》めようと思った。助手など辞めても食っていけるが、やはり国文が好きだし、さらには学生時代からの夢でもある作家を目指したい。

だから、ダラダラと寝て暮らすようなことにだけはならないだろう。

とにかくネットでマンション情報を検索するうち、夜も更けたので寝ることにした。

興奮に寝つけないかと思ったが、すぐにもぐっすりと睡りに落ち、翌朝は六時半に目が覚めた。

ネット検索で、当選が夢ではなかったことを確認してから朝飯を食い、シャワーを浴びてアパートを出ると、銀行が開く時間に入店した。

「あの、これ当たったようなのですけど」

行員に券を差し出して言うと、

「まあ、お待ち下さい……！」

彼女は慌てて奥へ引っ込み、間もなく彼は個室に招かれた。

そこで書類に記入し、大学の身分証と保険証を出し、印鑑を押した。

そしてホームバンクに入金する手続きをすると、その足で不動産屋に行き、目当てのマンション、ここの駅前にある十階建ての七階、リビングに書斎に寝室だけの2LDKを申し込んだ。

アパートに戻って大家に引っ越すことを伝え、買い物してきた食材で昼食を済ませると、あらためて彼は大学へと出向いていった。

第二章　メガネをかけて……

1

「あれ？　天野サンなんかカッコ良くね？」

「ほんとだ。彼女でも出来たのかな。でも見違えるね」

学内ですれ違う女子大生たちの囁きが、久彦の耳にも届いた。

(そうか、亜美のおかげで、今までダサかった見た目も変化してきたのかも知れない……)

彼は思い、亜美を探して声をかけた。

「宝くじありがとう。でも多すぎるよ」

「ええ、でも小出しだと面倒でしょう。他の手続きも、最短でスムーズにいくはずよ。家具の注文も今日して大丈夫」

言うと、亜美は彼が契約したマンションも承知しているようだった。

(ああ、やっぱり幸運の女神様だ……)

久彦は思い、この愛くるしい美少女を何度でも自由にして良いのだと思うと、激しく勃起してしまった。

「今日はダメ。ママと今後のことを話し合うので帰るわ。マンションの最初の客になるから、整ったら報せて」

「そ、そう、分かった。大急ぎで引っ越すよ」

彼は言い、亜美が帰ってしまったので国文のサークルのある部屋へ行った。

そこに、講師の麻生《あそう》奈津美《なつみ》が居た。

三十二歳で独身、颯爽たる長身のメガネ美女で、ショートカットで宝塚の男役風の雰囲気があるため女子大生たちの人気も高い。

「あら、昨日はお疲れ様。教授も私もいなかったから」

奈津美も、一瞬久彦を見て、見違えたようにレンズの奥の切れ長の目を丸くして言った。

「ええ、プリントを配って読ませるだけで解散してしまいましたが」

「でも評判が良いのよ。今日も多くの学生があなたに好印象を持ったみたい」

彼女が言う。

してみると昨日の時点では誰も気づかなかったが、今日になって昨日を思い出し、その久彦の印象まで変化しているようだった。

だがそうなると、彼が急に変わったのではなく、もともとカッコ良かったということになるのだろうか。

「何かあったの?」

「いえ、特に。ただ近々引っ越しをするので、身分証の書き換えをします」

「どこへ引っ越すの?」

「駅前のマンションです」

「まあ、貯金があったの?」

奈津美が彼を注視したまま言った。どうにも、久彦を強く意識してしまっているようだ。

「ええ、今のアパートは狭かったしずいぶん住んだので、前から良い場所を考えていたんです」

七億も手にしたことを彼女に言いたくて、喉まで出かかったが久彦は何とか堪えた。

前から彼は、この知的なメガネ美女の面影で、何度となく妄想オナニーのお世話になり、こんな年上の美女に手ほどきを受けたいと思っていたのだ。

かつては奈津美も彼氏がいただろうし、もちろん性体験も快感も知っているだろうが、今は一人で仕事に専念しているらしい。

「じゃ新しい家具も揃えるのね」

「ええ、これから行くところです」

「付き合うわ。実は私も買いたいものがあるの」

奈津美が言って立ち上がり、思いがけない展開に久彦は胸を弾ませながら一緒に大学を出た。

「じゃ寄るところがあるので、現地で会いましょう」

駅まで行くと久彦は言い、別れた奈津美は先に百貨店へ行った。

彼は銀行に寄って入金を確認して記帳し、不動産屋へ行って払い込みの手続きをした。

即金だから作業も早く、明日にはキイがもらえるとのことである。

そして百貨店へ行くと、まずはブルーレイ内蔵の大型テレビと大型冷蔵庫と洗濯機に電子レンジを買って届けてもらうよう手続きし、家具コーナーへ行ってダブルベッドに布団、ソファにテーブル、さらには書斎用の机と椅子、スライド本棚も三つばかり注文して回った。

全てカード決済で、亜美が付いているのでスムーズに行くだろうから、配達も最短の期日を指定した。

アパートは大学一年から八年間も住んだので、布団も学習机も小型冷蔵庫も、大家に手数料を払って処分してもらうことにする。

新居に持っていくのは、寝室用の小型テレビと蔵書、僅かな着替えと食器に鍋釜ぐらいのものだ。

「ずいぶん買ったようね」

荷物を抱えた奈津美が、彼を見つけて声をかけてきた。

彼女は前から欲しかったタペストリーを買ったらしく、もう用は済んだようである。

「新居なら、カーテンやカーペットは？」

「それは明日、中を見てから決めることにします」

「呆れた。まだお部屋を見ていないの？」

「ええ、ネットの写真と間取りを見ただけで決めました。あ、持ちましょう」

久彦は彼女の荷物を持ってやり、買い物も済んだので一緒にデパートを出た。あとは明日、部屋を見てから不足分の買い物をし、荷が届くのを待つだけであった。

「こっちよ。お部屋までお願いできる？」

「ええ、もちろんです」

彼は答え、二人は近くの住宅街にあるハイツに着いた。一階の隅が奈津美の部屋で、久彦は招き入れられた。

中はリビングにテーブルが置かれ、あとは六畳と四畳半が書斎と寝室らしく、間数は彼が買ったマンションと同じだが、彼の方の二間は各八畳の洋間でリビングもう少し広いはずである。

室内には、生ぬるく甘ったるい女の匂いが悩ましく立ち籠め、その刺激が彼の股間に響いてきた。

「すぐに取り付けたいの。来て」

奈津美が言い、包みを解くと丸めたタペストリーを持って寝室に招いた。

寝室内はさらに濃厚な匂いが籠もり、シングルベッドに鏡台と化粧道具があるだけで、あとは作り付けのクローゼットだった。

「この壁に」

「分かりました」

彼女が言うので久彦もベッドに上り、壁の上部に金具を取り付け、広げたタペストリーを掛けてやった。

そして下の方の丸みを逆に丸めると、何とか形になった。刺繍は北欧らしい山と湖の風景である。

「いいですね」

「ええ、どうもありがとう。良い感じだわ。前から欲しかったの」

ベッドを下りて言うと、奈津美も壁を眺めて答えた。

そしていきなり、彼女が久彦を抱きすくめてきたのである。

「うわ……」

彼は驚いて声を洩らし、甘い匂いと温もりを感じた。奈津美の方が長身なので久彦の目の上に彼女のメガネがあった。

「ごめんなさいね。何だか、どうしても我慢できなくなってしまって……」

奈津美も、自身の衝動に戸惑うように囁いた。

「いえ、僕も前から奈津美先生に教わりたいと思っていたので」

「教えるだなんて、そんな、何も出来ないわよ……」

「とにかく、全部脱いじゃいましょう」

久彦は、自分でも驚くほど積極的に言った。

すると奈津美もいったん身を離し、寝室に二重のカーテンを引くと、急くように手早く服を脱ぎはじめていったのだった。

多少薄暗くなったが、真夏の陽射しが透け、観察に支障はないだろう。

久彦も服を全て脱ぎ去り、先に全裸になってベッドに横になった。

やはり枕には悩ましい女の匂いが沁み付き、彼自身ははち切れそうに突き立っていた。

奈津美は背を向け、脱いだものを化粧台の椅子に置きながら、とうとう最後の一枚もためらいなく脱ぎ去っていった。

色白で、着痩せするたちなのか形良い尻も実に豊満だった。

彼女は胸を隠してモジモジと向き直り、外したメガネを枕元に置くと、久彦に添い寝してきたが、相当に緊張しているように息が震えていた。

メガネを外した素顔も、実に整った美形であった。

枕の匂い以上に濃厚なナマの体臭が久彦を包み込むと、彼は腕枕してもらい、目の前に息づく意外なほどの巨乳を見つめた。

そして堪らずに顔を寄せ、チュッと乳首に吸い付いて、コリコリと硬くなっている乳首を舌で転がしはじめたのだった。

2

「アアッ……、いいわ、何でも好きなようにして……」

奈津美が熱く喘ぎ、キュッと久彦の顔を胸に掻き抱いてきた。

顔中が柔らかな膨らみに埋まり込み、彼は生ぬるく甘ったるい汗の匂いに噎せ返った。

恐らく久々の男に、彼女の欲求も一気に噴き上げてきたようである。

久彦がのしかかると、奈津美も仰向けになって身を投げ出した。

（ああ、初めての素人女性、しかも人間だ……）

彼は、感激と興奮に包まれて思った。

そして左右の乳首を交互に含んで舐め回しては、顔中を押し付けて巨乳の感触を味わった。

さらに彼女の腕を差し上げ、ジットリ湿った腋の下に鼻を埋め込んで嗅ぐと、何とも甘ったるい汗の匂いが悩ましく鼻腔を満たしてきた。

「いい匂い」

「あう……」

嗅ぎながら腋に舌を這わせると、奈津美はシャワーも浴びていなかったことを思い出したように声を洩らし、ビクリと肌を強ばらせた。

おそらく久彦の欲情に操られたのか、急激な淫気を起こし、シャワーすら思いつかないまま行為に及んでしまったのだろう。

充分に美女の体臭で胸を満たしてから、ようやく腋を離れると彼は白く滑らかな肌を舐め降りていった。

形良い臍を舐め、張りのある腹部に顔中を押し付けると心地よい弾力が感じられ、緊張によるものか微かな消化音が聞こえた。

豊満な腰のラインから太腿に降り、脚を舐め降りると、さすがに身を投げ出していた亜美とは違い、奈津美は激しく反応した。

「ま、待って、そんなところはいいから……」

驚いたように彼女が言って身をよじったが、久彦は構わずスベスベの脛をたどって足首まで下り、足裏に回り込んで舌を這わせた。

形良い指先が縮こまり、間に鼻を割り込ませて嗅ぐと、やはりそこは汗と脂で生ぬるく湿り、蒸れた匂いが濃く沁み付いていた。

何度も嗅いで鼻腔を刺激されてから、爪先にしゃぶり付いて全ての指の股に舌を挿し入れて味わうと、

「あう、ダメ……!」

奈津美がクネクネと下半身をよじらせて呻き、唾液に濡れた足指で彼の舌先を挟み付けてきた。

久彦は両足とも味と匂いが薄れるまで存分にしゃぶり尽くし、やがて大股開きにさせて脚の内側を舐め上げていった。

ムッチリと張りがあって滑らかな内腿をたどり、熱気と湿り気の籠もる股間に迫って見ると、丘の恥毛は情熱的に濃く茂っていた。

割れ目からはみ出した陰唇が愛液に潤い、そっと指を当てて左右に広げると、息づく膣口と小さな尿道口が見えた。

包皮の下から突き立ったクリトリスは、さすがに亜美より小さめだが、それでも小指の先ほどもあって真珠色の光沢を放っていた。

「アア、そんなに見ないで……」

奈津美が、股間に彼の熱い視線と息を感じて喘いだ。

久彦も我慢できずに顔を埋め込み、柔らかな恥毛に鼻を擦りつけて嗅ぐと、生ぬるく甘ったるい汗の匂いに、ほのかにオシッコの匂いも混じって悩ましく鼻腔を掻き回してきた。

「いい匂い」

「あう……！」

また嗅ぎながら言うと奈津美が呻き、キュッときつく内腿で彼の顔を挟み付けてきた。

久彦は胸を満たしながら舌を挿し入れ、淡い酸味のヌメリを掻き回し、息づく膣口の襞からゆっくりクリトリスまで舐め上げていった。

「アアッ……！」

やはりクリトリスが最も感じるようで、奈津美が熱く喘いでビクリと顔を仰け反らせ、彼の両耳が聞こえなくなるほど内腿に力を込めてきた。

匂いを貪りながらクリトリスを吸い、新たな愛液をすすってから彼は奈津美の両脚を浮かせて尻に迫った。白く豊かな谷間には、レモンの先のように僅かに突き出たピンクの蕾が息づいていた。

濃い恥毛も肛門の形状も、何やら一つ一つ美女の秘密を暴いていくような興奮が湧いた。

鼻を埋め込むと顔中に双丘が密着し、蒸れた匂いが鼻腔を刺激してきた。

女子大だが、他にも若い男の講師や助手はいて、その多くが奈津美に憧れを寄せていることだろう。そのマドンナの尻に顔を埋めて嗅いでいるというのが、久彦には誇らしかった。

微香を貪ってから舌を這わせ、細かに息づく襞を濡らし、ヌルッと潜り込ませて滑らかな粘膜を探ると、

「く……、ダメ、そんなこと……！」

奈津美が息を詰めて呻き、キュッときつく肛門で舌先を締め付けた。

舌を蠢かすと、粘膜は微かに甘苦く微妙な味わいがあり、鼻先の割れ目からは白っぽく濁った愛液がトロトロと漏れてきた。

彼は脚を下ろし、再び割れ目に舌を戻してヌメリを掬い取った。

クリトリスをチロチロと探り、チュッと吸い付きながら、さらに指を膣口に潜り込ませて内壁を小刻みに擦り、天井のGスポットも指の腹で圧迫した。

「も、もうダメよ、いきそう……」

奈津美が嫌々をして声を上ずらせ、白い下腹をヒクヒク波打たせながら、とうとう身を起こしてしまった。

ようやく彼も股間から這い出して仰向けになると、奈津美は荒い息づきを繰り返しながら移動し、勃起したペニスに屈み込んできた。

「すごいわ。大きくて、綺麗な艶……」

熱い視線を注いで囁き、そっと幹に指で触れてきた。

そして舌を伸ばし、粘液の滲む尿道口をチロチロと舐めると、そのまま丸く開いた口でスッポリと喉の奥まで呑み込んでいった。

「アア……」

今度は久彦が受け身になり、喘ぐ番だった。

奈津美は深々と含むと幹を締め付けて吸い、熱い鼻息で恥毛をくすぐりながら口の中でクチュクチュと舌を蠢かせてきた。

たちまちペニス全体は美女の温かな唾液にまみれ、快感にヒクヒクと震えた。

思わずズンズンと小刻みに股間を突き上げると、

「ンン……」

喉の奥を突かれた奈津美が小さく呻き、唾液の量が増した。そして彼女も顔を上下させ、スポスポと強烈な摩擦を開始してくれたのだ。

「い、いきそう……。上から跨いで入れて下さい……」

絶頂を迫らせた久彦が言うと、彼女もスポンと口を引き離して身を起こしてきた。そのまま前進して彼の股間に跨がってきたので、

「お願い、メガネをかけて……」

さらにせがむと、奈津美も素直に枕元のメガネを取り、かけてくれた。

やはり、いつも見ている顔の方が興奮と快感が増した。

奈津美は唾液に濡れた先端に割れ目を押し当て、自ら陰唇を指で広げて位置を定めると、息を詰めてゆっくり腰を沈み込ませていった。

張り詰めた亀頭が潜り込むと、あとはヌルヌルッと肉襞の摩擦を受けながら、根元まで滑らかに呑み込まれた。

「アア……！」

完全に座り込むと、奈津美が顔を仰け反らせて熱く喘いだ。

久彦も、温もりと締め付けを感じながら股間に重みを受け、密着する尻と太腿の感触も味わった。

彼女は顔を上向けて快感を味わい、何度かグリグリと股間を擦り付けてから、ゆっくりと身を重ねてきた。

久彦も両手を回して抱き留め、僅かに膝を立てて豊満な尻を支えた。

すると奈津美の方から顔を寄せ、上からピッタリと唇を重ねてきた。

柔らかな感触と唾液の湿り気を味わい、顔に当たるメガネの硬いフレームを感じながら彼が舌を挿し入れて歯並びを舐めると、奈津美もすぐに歯を開いてネットリと舌をからめてきた。

美女の舌は生温かな唾液にまみれて滑らかに蠢き、彼は熱い吐息で鼻腔を湿らせながらヌメリを貪った。

動かなくても膣内は久々の男を味わうように、キュッキュッと収縮を続け、彼も高まって股間を突き上げはじめた。

「アア……、いい気持ち……」

奈津美が細く唾液の糸を引いて口を離し、熱く喘ぎながら合わせて腰を遣いはじめてくれた。

美女の吐息は熱く湿り気があり、花粉のような甘さに加え、昼食の名残か微かなオニオン臭も混じって悩ましく鼻腔を刺激した。

これも一種のギャップ萌えで、美女の刺激臭に彼はゾクゾクと高まりながら、股間の突き上げを強めていったのだった。

3

「いいわ、すぐいきそう……！」

奈津美が動きを速めて言い、溢れる愛液に律動が滑らかになりクチュクチュと淫らな摩擦音も響いてきた。

久彦も激しく股間を突き上げ、濡れた肉襞の感触と締め付けに絶頂を迫らせていった。

「ね、しゃぶって……」

彼が奈津美の顔を引き寄せ、かぐわしい口に鼻を押しつけて言うと、すぐに彼女もヌラヌラと鼻の穴に舌を這わせてくれた。

「ああ、いく……！」

久彦は、美女の唾液のヌメリと口の匂いに包まれながら、あっという間に快感に貫かれて口走った。

同時に熱い大量のザーメンがドクンドクンと勢いよく内部にほとばしり、奥深い部分を直撃すると、

「い、いいわ……、アアーッ……！」

噴出を感じた途端に、奈津美もオルガスムスのスイッチが入ったように声を上ずらせ、ガクガクと狂おしい痙攣を開始した。

膣内の収縮も最高潮になり、彼は心ゆくまで快感を味わい、最後の一滴まで出し尽くしていった。

亜美との行為の結果、中出ししても妊娠はしないし、彼女の方もそれが気にならないほど快楽にのめり込んでいた。

すっかり満足しながら徐々に突き上げを弱めていくと、

「ああ、こんなに感じたの初めて……」

奈津美も肌の硬直を解いて力を抜きながら言い、そのままグッタリともたれかかって体重を預けてきた。

まだ息づく膣内に刺激され、幹がヒクヒクと過敏に跳ね上がった。

すると奈津美も敏感になっているのか、幹の震えを抑えつけるようにキュッときつく締め上げてきた。

久彦は彼女の重みと温もりを受け止め、熱く喘ぐ口から洩れる悩ましい息の匂いを胸いっぱいに嗅ぎながら、うっとりと快感の余韻を味わった。

「どうして、こんな急にあなたに夢中に……」

激情が過ぎ去ると、奈津美はあらためて自分の大胆な行動を振り返って言ったが、それでも後悔しているようには感じられなかった。

やがて荒い呼吸を整えると、奈津美が再びメガネを外して置き、そろそろと股間を引き離して起き上がった。

ベッドを降りたので久彦も起きて、一緒にバスルームへと移動していった。

シャワーの湯で互いの全身を洗い流しても、まだ奈津美は余韻で朦朧としているようだった。

「シャワーも浴びずに舐め合うなんて、初めてよ……。足やお尻まで舐めるなんて、そんな人も初めて……」

彼女が股間を洗いながら言う。してみるとかつての彼氏は、足や肛門も舐めないつまらない男ばかりだったようだ。

「奈津美先生の匂い、全部覚えちゃった」

「まあ、いけない子ね……」

彼が言うと、奈津美は優しく睨んだ。

「ね、もう一つだけ味わいたい。ここに立って」

久彦は床に座ったまま言い、目の前に立った奈津美の片方の足を浮かせ、バスタブのふちに乗せてから開いた股間に顔を埋めた。

「どうするの……」

「オシッコ出して。それも味わってみたいので」

「まあ！　そんなこと無理よ、絶対に……」

「少しでいいから」

彼は腰を抱えて言い、匂いの薄れた恥毛に鼻を擦りつけ、舌を挿し入れて柔肉を掻き回した。

「あう、ダメ、吸ったら出ちゃうわ……」

クリトリスに吸い付くと彼女が言うので、どうやら尿意が高まって、その気になってきたようだ。これも亜美にもらった力で、言いなりにならざるを得ないのだろう。

なおも吸い、舌で中を探っていると、奥の柔肉が迫り出し、味わいと温もりが変わった。これも亜美とほぼ同じ反応である。

「で、出ちゃう、離れて……、アア……！」

脚をガクガクさせて彼女が言うなり、熱い流れがチョロチョロとほとばしってきた。

それを舌に受けて味わうと、亜美のものよりやや味と匂いが濃かったが、もちろん嫌ではなく喉に流し込んだ。

勢いがつくと口から溢れた分が肌を伝い、すっかりピンピンに回復しているペニスが温かく浸された。

「ああ、こんなことするなんて……」

奈津美が声を震わせて言い、放尿を続けていたが急に勢いが衰え、やがて流れは治まってしまった。彼は残り香の中で余りの雫をすすり、舌を挿し入れて柔肉を探った。

「も、もうダメ……！」

奈津美がビクリと反応して言い、脚を下ろすと力尽きたようにクタクタと座り込んでしまった。

それを支えて椅子に座らせ、彼はもう一度シャワーの湯で互いの全身を洗い流した。

身体を拭いてベッドに戻ると、

「ね、また勃っちゃった……」

甘えるように言って、完全に元の硬さと大きさを取り戻したペニスをヒクヒクさせた。

「もう充分だわ。もう一回したら寝込んでしまいそう……」

「じゃ、指でいいのでして」

添い寝して言い、腕枕してもらうと、彼女も再びメガネをかけてくれ、柔らかな手のひらにペニスを包み込んでニギニギと動かしてくれた。

「ね、唾飲みたい、いっぱい出して」

せがむと、奈津美も懸命に唾液を溜めて形良い唇をすぼめ、口を寄せて白っぽく小泡の多い粘液をトロトロと吐き出してくれた。

舌に受けて味わい、うっとりと飲み込むと甘美な悦びが胸に広がった。

「顔にペッって強く吐きかけて」

「そ、そんなことできないわ……」

「お願い、奈津美先生が絶対に他の男にしないことをされたい」

なおも言うと、彼女も口に唾液を溜めて息を吸い込み、口を寄せて強くペッと吐きかけてくれた。

悩ましい息の匂いが顔中を包み、生温かな唾液の固まりがピチャッと鼻筋を濡らし、頬の丸みをトロリと伝い流れた。

その間も指の愛撫は続いているから、

「あう、いきそう……、お願い、お口でして……」

すっかり高まった久彦が言うと、奈津美もすぐに股間に顔を移動してくれた。

彼は両脚を浮かせ、自ら尻の谷間を広げ、

「ここも舐めて」

言うと奈津美も厭わず、チロチロと肛門を舐め回し、自分がされたようにぬくっと潜り込ませてきた。

「あう、気持ちいい……！」

彼は肛門で美女の舌先を締め付けながら呻き、

「も、もういいです、ありがとう。今度はタマタマを……」

申し訳ないのですぐに言うと、奈津美は陰嚢にしゃぶり付いてくれた。

二つの睾丸を舌で転がすと、いよいよ彼女も前進し、舌先で肉棒の裏側を舐め上げてきた。

先端に来ると濡れはじめた尿道口を舐め、そのままスッポリと根元まで呑み込み、幹を締め付けて吸った。

さらに舌がからまると、彼は快感に任せてズンズンと股間を突き上げた。

「ンン……」

奈津美も喉を突かれながら声を洩らし、熱い鼻息で恥毛をくすぐりながら吸引と摩擦を続行してくれた。

「い、いく……、気持ちいい……！」

久彦は絶頂の快感に貫かれて口走り、ありったけの熱いザーメンをドクンドクンと勢いよくほとばしらせてしまった。

「ク……」

喉の奥を直撃されて呻きながらも、奈津美は濃厚な愛撫を続けてくれ、彼も心置きなく最後の一滴まで出し尽くしたのだった。

「ああ……」

満足しながら身を投げ出すと、彼女も摩擦を止めた。

そして奈津美は亀頭を含んだまま、口に溜まったザーメンをゴクリと飲み込んでくれた。

「あう……」

キュッと締まる口腔に刺激されて彼は呻き、奈津美も口を離すと尿道口から滲む余りの雫まで丁寧に舐め取ってくれたのだった。

「も、もういいです、ありがとうございます……」

久彦は律儀に礼を言い、クネクネと過敏に腰をよじらせたのだった……。

4

「本当に、長い間お世話になりました」

翌朝、久彦はアパートの裏に住む大家の老夫婦のもとに、菓子折を持って挨拶に行った。

本来なら、引っ越しは数カ月前に言わなければいけないのだが、違約金も取ってくれないので、彼は日割りの家賃を払い、不要物の処分もあるので、敷金はそのまま受け取ってもらった。

必要なものだけは昨日のうちに、宅配便でマンションに送っておいた。

そして彼はアパートを出ると駅前の不動産屋へ行ってキイをもらい、初めてマンションの七階の部屋に入った。

さすがにがらんとして、生活の匂いはないが、すぐに荷が届けば形になっていくだろう。

不動産屋にコピーしてもらった間取りを見ながら各部屋を確認し、これから買うカーペットの寸法やカーテンの数をメモした。

リビングは、すでにカーペットが張られており、キッチンには作り付けのレンジ台があった。

角部屋なので、他の部屋より窓の数は多くて明るい。

ベランダに出ると、なかなか景色が良かった。

そしてマンションを出ると百貨店に行き、窓の数だけ二重のカーテンと、書斎と寝室の分のカーペットを注文した。

カーテンを紙袋いくつかに詰めてもらうと、何とカーペットは今日近くへ届けるので、ついでに来てくれると言うではないか。

実に、何もかもがスムーズであった。

マンションに戻って各窓に二重のカーテンを付けていると、間もなくカーペットが届き、二部屋に敷き詰めた。

するとと他の業者たちも続々と来てくれ、リビングに大型テレビとソファにテーブル、キッチンに大型冷蔵庫と電子レンジ、洗面所に全自動洗濯機、寝室にはダブルベッドと布団と枕が据えられた。

さらには書斎の本棚と机と椅子が届き、設置が終わると空の段ボールは全て回収してくれた。

あっという間に部屋らしくなると、最後に宅配便が届き、彼は三箱あった段ボールから本を出して本棚に並べた。どうせ本はすぐ増えるだろうから、三つの本棚はかなりスペースがある。

着替えもクローゼットにしまい、鍋釜や食器を棚や戸棚に入れた。

あとは生活しながら必要なものを買い揃えてゆけば良いが、今まで以上にものが増えたのだから、当面不自由はないだろう。

大きな冷凍庫とレンジがあるので、冷凍食品も買い込もうと思った。

初めて持つ書斎の机にノートパソコンを置き、両肘かけのある椅子に座ると、何やらここで執筆したものがすぐにも本になりそうな気がした。

と、そこへチャイムが鳴ったので、驚いて出て見ると、亜美だった。

「引っ越しおめでとう」

彼女は笑顔で言って上がり込み、久彦が思っていたような冷凍食品の数々を買ってきてくれて冷凍庫に入れた。

彼はたちまち欲情し、新品のベッドが置かれたばかりの寝室に亜美を招いた。

もちろん彼女も久彦の気持ちが分かっているから、すぐにも全て脱ぎ去ってくれた。

「わあ、気持ちいいわ、新しいお布団」

全裸で横になった亜美が言うと、彼も全て脱いで添い寝していった。

「ね、ここに座って」

久彦は仰向けになって言い、下腹を指した。

「こう？」

亜美もためらいなく身を起こし、彼の下腹を跨いで座り込んでくれた。

ほんのり生温かく湿った割れ目が肌に密着すると、久彦は両膝を立てて彼女を寄りかからせた。

「足を伸ばして顔に乗せて」

さらに言うと、亜美もすぐに両脚を伸ばし、足裏を彼の顔に乗せてきた。

「ああ、気持ちいい……」

美少女の全体重を下腹と顔に受け、彼はうっとりと喘ぎながら、急角度に勃起したペニスでトントンと亜美の腰をノックした。

今日もさんざん動き回っていたのか、亜美の指の股は汗と脂にジットリ湿り、蒸れた匂いが濃厚に沁み付いていた。

久彦は左右の足を同時に嗅いで鼻腔を刺激され、爪先にしゃぶり付いた。

吸い付いて順々に指の股に舌を割り込ませて味わうと、

「あん……」

亜美がビクリと反応して可憐に喘いだ。

クネクネと腰をよじるたび、密着している割れ目が擦られ、徐々に濡れていく様子も伝わってきた。

やがて両足とも全ての指の股の味と匂いを貪り尽くすと、彼は亜美の両手を握って引っ張った。

彼女も心得、いちいち言葉で要求しなくても前進して彼の顔の左右に足を置くと、和式トイレスタイルでしゃがみ込んでくれた。

脚がM字になると、内腿と脹ら脛がムッチリと張り詰め、ぷっくりと丸みを帯びた割れ目が彼の鼻先に迫った。

顔中を熱気が包み、はみ出した花びらはすでに清らかな蜜にヌメヌメと潤っていた。

この奥に、本当に自分の胤《たね》が宿っているのだろうか。

「もう少し育つと、私と交信できるようになるのよ」

亜美が、彼の心根を読んで言った。どうやら、本当に孕んでいるようだ。

とにかく彼は先のことより淫気に専念し、目の前の割れ目を抱き寄せて顔を埋め込んでいった。

柔らかな若草には、今日も汗とオシッコ、恥垢のチーズ臭などが混じって籠もり、悩ましく鼻腔を刺激してきた。

嗅ぎながら舌を挿し入れると、生ぬるく淡い酸味を含んだヌメリが迎え、彼は膣口をクチュクチュ掻き回し、潤いを掬い取りながら大きなクリトリスまで舐め上げていった。

「アアッ……！」

亜美が喘ぎ、思わず座り込みそうになって彼の顔の左右で両足を踏ん張った。

クリトリスにチュッと吸い付き、舌先で弾くように舐めると、

「あう、いい気持ち……」

亜美が声を洩らし、トロトロと新たな愛液を漏らしてきた。

それをすすりながら執拗にクリトリスを愛撫していると、

「も、もういいわ、いきそう……」

彼女がビクリと股間を引き離して言うので、久彦は尻の真下に潜り込んで、顔中に双丘を受け止めながら谷間の蕾に鼻を埋めて嗅いだ。

蒸れた匂いが籠もり、彼は胸を満たしてから舌を這わせ、ヌルッと潜り込ませて滑らかな粘膜を味わった。

「く……」

亜美が呻き、モグモグと肛門で舌先を締め付けてきた。

やがて充分に味わってから舌を引き離すと、彼女が自分から移動し、彼の股間に顔を潜り込ませてきた。

両脚を浮かせて尻を舐められると、

「ああ……」

久彦は自ら脚を抱えて快感に喘いだ。

亜美も念入りに舐めて濡らし、ヌルッと潜り込ませてきたので彼は肛門でキュッと美少女の舌先を締め付けた。

彼女も充分に舌を蠢かせてから脚を下ろし、陰嚢にしゃぶり付いて睾丸を転がし、そのまま前進して肉棒の裏側を舐め上げてきた。

滑らかな舌が先端まで来ると、彼女は粘液の滲む尿道口をチロチロと探り、丸く開いた口でスッポリと喉の奥まで呑み込んでいった。

熱い息が股間に籠もり、口の中ではクチュクチュと舌がからみついた。

「あう、気持ちいい……」

久彦は快感に呻き、生温かな唾液に濡れたペニスを美少女の口の中でヒクヒク震わせた。

亜美も強く吸いながら顔を上下させ、濡れた口でスポスポと強烈な摩擦を開始してくれた。

「ああ、いきそう。入れたい……」

急激に絶頂を迫らせた久彦が口走ると、すぐに亜美もチュパッと口を引き離して顔を上げた。

「跨いで入れて」

「女上位ばかりじゃなく、色んな体位を試してみる方がいいわ」

言うと亜美が答えて横になり、四つん這いになって尻を突き出してきた。

あるいは彼が奈津美としたときも、女上位だというのを知っているのだろう。

久彦も興味を覚えると身を起こして膝を突き、股間を進めてバックから先端を膣口に挿入していった。

5

「アアッ……、いい気持ち……！」

久彦が、ヌルヌルッと滑らかに根元まで押し込むと、亜美が白い背中を反らせて喘いだ。

やはり後ろからだと微妙に肉襞の感触が異なり、深々と貫くと尻の丸みが股間に密着して弾み、それが何とも心地よかった。

彼は何度か腰を突き動かして摩擦快感を味わい、さらに覆いかぶさると、両脇から手を回して乳房を揉みしだいた。

まだ乳臭い髪に顔を埋め、彼は指の腹で乳首をいじりながら腰を遣った。

しかし、やはり尻の密着感は良いが、顔が見えず唾液や吐息を貰えないのが物足りなかった。

暴発する前に身を起こしてペニスを引き抜くと、

「今度は、こうして……」

亜美も心得たように言い、横向きになると上の脚を真上に差し上げた。

久彦は彼女の下の内腿に跨がり、上の脚に両手で抱きつきながら、再びヌルヌルッと一気に挿入していった。

「あう……」

亜美が呻き、松葉くずしの体位でキュッと締め付けてきた。

なるほど、これも心地よかった。互いの股間が交差しているので密着感が高まり、膣内の感触の他に、擦れ合う内腿の感触が艶めかしかった。

しかし何度か動いたが、また彼が引き抜くと、亜美は仰向けになって大股開きになってくれた。

久彦は股間を進め、正常位で根元まで貫いていった。

「アア、もう抜かないで……」

亜美が言い、両手で彼を抱き寄せた。

久彦も身を重ね、屈み込んで左右の乳首を含んで舐め回した。

顔中で張りのある膨らみを味わい、充分に舌で転がすと、さらに亜美の腋の下にも鼻を埋め込み、濃厚に甘ったるい汗の匂いで胸を満たした。

そして白い首筋を舐め上げ、上からピッタリと唇を重ねると、

「ンン……」

亜美が熱く鼻をならしてネットリと舌をからめ、待ちきれないようにズンズンと股間を突き上げてきた。

久彦も合わせて腰を遣うと、胸の下で乳房が弾み、恥毛が柔らかく擦れ合い、コリコリする恥骨の膨らみも伝わってきた。

たちまち二人の動きがリズミカルに一致し、溢れる愛液でクチュクチュと湿った音が聞こえた。

「アア、いい気持ち、いきそう……」

亜美が口を離し、顔を仰け反らせて言った。

彼も肉襞の摩擦と締め付け、潤いと温もりに包まれながら、いつしか股間をぶつけるように激しく律動して絶頂を迫らせた。美少女の吐息は、今日も甘酸っぱい果実臭で、久彦はうっとりと鼻腔を刺激されながら動きを速めていった。

「い、いっちゃう……、アアーッ……！」

たちまち亜美は膣内の収縮を活発にさせ、声を上ずらせるなりガクガクと狂おしいオルガスムスの痙攣を開始した。

まるでブリッジするように身を反らせ、腰を跳ね上げるたび久彦の全身も上下に揺すられた。

やがて彼も、息の匂いと摩擦の中で昇り詰め、

「く……！」

大きな快感に呻きながら、熱い大量のザーメンをドクンドクンと勢いよく中にほとばしらせてしまった。

「あう、熱いわ、もっと……！」

噴出を感じた亜美が、駄目押しの快感を得たように呻き、飲み込むようにキュッキュッと締め付けてきた。

久彦は心ゆくまで快感を嚙み締め、最後の一滴まで出し尽くしていった。

満足しながら徐々に動きを弱めていくと、

「ああ、良かったわ、すごく……」

亜美もうっとりと言いながら、力を抜いて身を投げ出していった。

まだ膣内の収縮が続き、過敏になったペニスが内部でヒクヒクと震えた。

そして彼は完全に動きを止めてもたれかかると、美少女の喘ぐ口に鼻を押し付け、何とも可愛らしく艶めかしい息の匂いで胸を満たしながら、快感の余韻に浸り込んでいったのだった。

やがて呼吸を整えると、あまり長く乗っているのも悪いので、久彦はそろそろと身を起こして股間を引き離した。

すると亜美も起き上がったので、支えながらベッドを降り、一緒にバスルームへ入った。

初めてシャワーの湯を出し、互いの股間を洗い流すと、彼は床に腰を下ろして亜美を目の前に立たせた。

「いいの？　まだトイレも使っていないのに、ここで出したりして」

「うん、いいよ、出して」

久彦が答えると、亜美は自分から片方の足を浮かせてバスタブのふちに乗せ、彼も開いた股間に顔を埋めた。

柔肉を舐めると、また新たな愛液が溢れて舌の動きが滑らかになった。

「あう、出る……」

すぐにも尿意を高めた亜美が息を詰めて言うなり、チョロチョロと熱い流れがほとばしってきた。

久彦は口に受け、淡い味わいと温もりを感じながら喉を潤した。

何と言っても、妖怪の力を含んだ液体だから、飲み込むたびに力が漲ってくる気がした。

「ああ……」

亜美は小さく喘ぎながら、ゆるゆると放尿を続け、やがて流れを治めた。

彼も余りの雫をすすり、悩ましい残り香の中で濡れた割れ目を舐め回した。

「も、もういいわ……」

まだ過敏になっているように亜美が言い、腰を引いて脚を下ろした。

もう一度二人でシャワーを浴び、バスルームを出たが、

「あ、まだバスタオルも用意していなかった……」

久彦は気づいて言い、急いで脱衣所を出ると段ボールからバスタオルを持って戻った。

身体を拭いてベッドに戻ったが、

「今日は帰るわね」

亜美が言い、てきぱきと身繕いをはじめてしまった。

「わあ、残念」

「また来るわ。それに他の女とも色んな経験をしてみたいでしょうから」

亜美が言い、仕方なく久彦も服を着た。

確かに、これから何度でも出来るのだから、そう一気にしなくて良いのかも知れない。

それに他の女性に興味があるのも事実であり、それを容認してくれるのだから最高のパートナーと言えるだろう。

やがて亜美が帰っていくと、久彦は少し休憩してから、あらためて残りの荷を解いてタオルや歯ブラシ、洗面器や洗剤などを所定の位置に置いた。

そして室内の写メを撮り、ＳＮＳにアップすると、急なマンション暮らしを見た同窓生たちが驚いていた。

亜美が買ってきてくれた冷凍食品を確認すると、しばらくは買い物など行かなくて済みそうである。

明日は大学も休みなので、久彦はノートパソコンを開き、書きかけていた投稿小説の続きを書きはじめた。

自分の書斎というのは、実に快適である。

思い出し、湘南の親にも住所が変わったことをメールしておいた。大学の方には、昨日のうちに住所変更の届け出はしてある。

やがて日が暮れると夕食を済ませ、大型テレビを観て、もうオナニーすることもなく早寝したのだった。

翌朝、目を覚ますと彼は豪華で快適な住まいをあらためて見回し、窓からの景色を眺めながら朝食の仕度をした。

(今日はどうしようか……)

執筆も、あまりシャカリキになる方ではないし、彼は散歩したり飲み歩くような趣味もなかった。

常日頃、抱えているのは絶大な淫気だけだが、大学が休みだから誰か女子大生に会いにいくわけにもいかない。

思えば今まで実に味気ない、アパートと大学の往復だけで交友も少ない、つまらない日々を送っていたものだ。

今回は引っ越しといっても町内のようなもので、買い物も今までと同じ駅周辺だから町を探検する必要もなかった。

思っていた以上に広い住まいで、久彦は各部屋をブラブラしながら今日の予定を考えていると、そのときチャイムが鳴った。

「うわ……」

驚いて出てみると、訪ねて来たのは何と引越祝いの鉢植えを手にした、亜美の母親、超美熟女で爆乳の佐和子であった。

第三章　件の味覚

1

「お引っ越しおめでとうございます」

「ありがとうございます。どうぞ」

佐和子が言うと、久彦は匂うような熟女の色気に圧倒されながら彼女を招き入れた。

「まあ、素敵なお部屋ね。ここでいいかしら」

入ってきた彼女が言い、鉢植えを窓際に置いてくれた。

「すみません。いまお茶でも」

「ううん、何も要らないわ」

言うと佐和子は勝手に部屋を見て回り、やがて一緒に寝室に入った。

（この人が、あの恐ろしい件（くだん）……）

ブラウスのボタンが弾けそうになっている、まるでホルスタインのような爆乳を見ながら久彦は思った。

もっとも件は、人に害などなさず予言をするだけだが、顔が牛で身体が人という姿である。もちろん今の佐和子は絶世の美熟女であった。

「そんなに怖がらないで」

「い、いえ、ごめんなさい……」

滅多なことを思うと、全て心を読まれてしまうから彼は慌てて謝った。

「天野久彦というのも偶然じゃなさそうね。略してアマヒコ」

佐和子が、まじまじと彼の顔を見つめて言った。

「アマヒコ、アマビコがアマビエになったのは、当時の瓦版《かわらばん》の字を読み間違えて広まったという説もあるわ。件もクダベになったり、色々な名があるけれど元は一つで、全て白澤の仲間」

言いながら彼女は、ブラウスのボタンを外しはじめた。

「さあ、脱いで。してみたいでしょう。私も亜美の旦那様の味見をしたいわ」

「え、ええ……」

言われて、久彦も緊張と興奮に息を震わせながら、手早く脱いでいった。

彼女が脱いでいくうちに、見る見る白い熟れ肌が露わになってゆき、生ぬるく甘ったるい匂いが新居の寝室に立ち籠めはじめた。

彼は先に全裸になり、ベッドに横になって見ると、佐和子も最後の一枚を脱ぎ去ったところだった。

ムッチリした脚は剝き卵のように滑らかで、彼女は豊かな乳房を揺すりながら優雅な仕草で添い寝してきた。

「ああ、大きい……」

久彦は甘えるように腕枕してもらい、メロンほどもある爆乳を見て言った。

「いいわ、好きにして」

彼女が優しく囁き、久彦の髪をナデナデして身を投げ出した。

久彦は、奈津美よりもずっと年上の、四十を目前にした美熟女の温もりに包まれながら、息づく豊満な膨らみにそろそろと手を這わせ、腋の下に鼻を埋め込んでいった。

（うわ、なんて色っぽい……）

するると腋には生ぬるく湿った腋毛が煙り、彼は激しく興奮を高めた。

鼻を埋め込んで嗅ぐと柔らかな感触が伝わり、ミルクのように甘ったるい汗の匂いが何とも悩ましく鼻腔を刺激してきた。

指でコリコリと硬くなった乳首を探り、美熟女の体臭を胸いっぱいに吸い込んでから、やがて顔を移動させてチュッと乳首に吸い付いた。

「ああ……」

舌で転がすと、佐和子がうっとりと声を洩らした。

久彦は顔中を爆乳に押し付けて弾力を味わい、もう片方の乳首も含んで充分に舐め回した。

大きな膨らみでも垂れることはなく、仰向けになっても左右に流れず張りを持って息づいていた。

彼は艶めかしい体臭に包まれながら、左右の乳首と膨らみを存分に味わい、やがて白く滑らかな肌を舐め降りていった。

肌が均等に張り詰めて形良い臍を探り、豊かな腰からムッチリした太腿をたどり、脚を舐め降りていった。

脛にはまばらな体毛があり、それも野趣溢れる魅力に感じられた。

全く人と同じ暮らしをしているが、腋も脚もケアなどせず、ジムに通うこともなく自然のままでいるようだった。

足首まで下りると彼は足裏にも舌を這わせ、形良く揃った指にも鼻を押し付けて嗅ぐと、やはり汗と脂に生ぬるく湿り、ムレムレの匂いが悩ましく沁み付いていた。

久彦は胸いっぱいに嗅いでから爪先にしゃぶり付き、全ての指の股に舌を割り込ませて味わい、両足とも味と匂いを貪り尽くしてしまった。

「あう……、くすぐったくて、いい気持ち……」

佐和子もビクリと脚を震わせて呻いたが、亜美と同様、拒むようなことはしなかった。

やがて大股開きにさせると、彼は脚の内側を舐め上げていった。

白く量感ある内腿に舌を這わせ、熱気と湿り気の籠もる股間に顔を迫らせて目を凝らした。

ふっくらした丘には黒々と艶のある恥毛がふんわりと茂り、肉づきが良く丸みを帯びた割れ目からはピンクの花びらがはみ出していた。

指を当てて左右に広げようとすると、溢れる愛液にヌルッと滑り、さらに奥へ当て直してグイッと左右に広げた。

かつて亜美が産まれ出てきた膣口が、花弁のように襞を入り組ませて妖しく息づき、間からはまるで母乳のように白っぽく濁ったヌメリが溢れていた。

ポツンとした尿道口も見え、包皮の下からはやはり大きめのクリトリスがツンと突き立ち、ツヤツヤと綺麗な光沢を放っていた。

もう溜まらずに顔を埋め込み、柔らかな茂みに鼻を擦りつけて嗅ぐと、隅々には濃厚に甘ったるい汗の匂いとオシッコの成分が蒸れて混じり、何とも悩ましく鼻腔を刺激してきた。

嗅ぎながら舌を挿し入れ、淡い酸味のヌメリを味わいながら膣口を掻き回し、ゆっくりクリトリスまで舐め上げていくと、

「アアッ……」

佐和子がビクリと顔を仰け反らせて熱く喘ぎ、量感ある内腿でキュッときつく彼の両頰を挟み付けてきた。

久彦はチロチロと舌先で弾くようにクリトリスを刺激しては、泉のようにトロトロ溢れてくる愛液をすすった。

さらに彼女の両脚を浮かせ、逆ハート型の豊かな尻に迫り、指でムッチリと谷間を広げ、キュッと引き締まったピンクの蕾に鼻を埋め込んで嗅いだ。

蒸れた匂いが籠もり、彼は貪るように嗅いでから舌を這わせ、細かに息づく襞を濡らしてヌルッと潜り込ませると、滑らかな粘膜を探った。

「あう……」

佐和子が呻き、キュッキュッと肛門できつく舌先を締め付けてきた。

久彦は執拗に舌を蠢かせ、やがて脚を下ろすと再び愛液が大洪水になっている割れ目を舐め回し、クリトリスに吸い付いていった。

「い、いきそうよ、入れて……」

すると佐和子が声を上ずらせてせがみ、腰を抱え込んでいる彼の両手を握って引っ張り上げた。

まだしゃぶってもらっていないが、どうせ何度でも続けて出来るだろうし、彼も早く入れたい気持ちがあったので身を起こし、股間を迫らせていった。

急角度にそそり立った幹に指を添えて下向きにさせ、先端を割れ目に擦り付けてヌメリを与えた。

やがて位置を定めると、感触を味わいながらゆっくり潜り込ませていった。

たちまち、彼自身はヌルヌルッと滑らかな肉襞の摩擦を受けながら根元まで吸い込まれ、ピッタリと股間が密着した。

「アア……、いいわ……」

佐和子も深々と受け入れて喘ぎ、味わうようにモグモグと締め付けながら彼を両手で抱き寄せた。

久彦も股間を密着させて両脚を伸ばし、身を重ねていくと胸の下で爆乳が押し潰れ、心地よく弾んだ。

「突いて、強く何度も奥まで……」

佐和子が薄目で彼を見上げながら囁き、ズンズンと股間を突き上げてきた。

彼も合わせて腰を突き動かし、何とも心地よい摩擦と締め付け、温もりと潤いを味わった。

たちまち互いの動きがリズミカルに一致すると、クチュクチュと湿った音が聞こえ、揺れてぶつかる陰嚢まで生温かく濡れた。

上から唇を重ね、舌を挿し入れると彼女もネットリとからめてくれ、久彦は美熟女の生温かな唾液を味わった。

「ああ、いきそうよ、奥まで響くわ……」

佐和子が口を離して喘ぐと、口から吐き出される息が白粉《おしろい》のように甘い刺激を濃厚に含み、悩ましく彼の鼻腔を湿らせてきた。

腰を動かしながら美熟女の吐息に酔いしれ、すっかり興奮を高めた久彦が、股間をぶつけるように動き続けて絶頂を迫らせると、いきなり彼女が動きを止めて意外なことを言ってきたのである。

2

「ね、お尻の穴に入れてみて。一度してみたいの」

「え？　大丈夫かな……」

佐和子に言われ、久彦は驚いて動きを止めたが、妖しい興味を覚えた。

身を起こしてヌルッとペニスを引き抜くと、

「あう……」

佐和子が呻きながら、自ら両脚を浮かせて抱え、白く豊満な尻を突き出してきた。見ると、割れ目から伝い流れる愛液が、ピンクの蕾までヌメヌメと濡らしていた。

その蕾へ、久彦は愛液にまみれた先端を押し当て、呼吸を計りながらゆっくり押し込んでいった。

佐和子も懸命に口で呼吸をして括約筋を緩めていたから、意外なほどすんなりズブリと潜り込んだ。襞が丸く押し広がって伸びきり、裂けそうなほどになったが、

「あうう……、いいわ、奥まで来て……」

佐和子が言うので、彼もヌメリに任せてズブズブと根元まで入れてしまった。

さすがに入り口はきついが、中は思ったより楽で、ベタつく感触もなくむしろ滑らかだった。

股間を密着させると、下腹部に豊満な尻の丸みが密着して心地よく弾んだ。

佐和子は、どれぐらい生きているのか分からないが、口ぶりでは、どうやら最後に残った処女の部分を久彦が味わっているようである。

「つ、突いて、中に出して……」

彼女が感触を噛み締めるように目を閉じて言い、モグモグと締め付けてきた。

さらに自ら乳首をつまんで動かし、空いている割れ目にも手を這わせ、愛液を付けた指の腹で激しくクリトリスをいじりはじめた。

彼女の高まりと膣内の蠢動が伝わるように、肛門も妖しい収縮を開始した。

久彦も様子を見ながら小刻みに腰を突き動かすと、次第に彼女も緩急の付け方に慣れたように、すぐにも動きが滑らかになっていった。

「ああ、気持ちいい……」

彼は膣内とは異なる感触に高まり、動きを速めていった。

佐和子も乳首とクリトリスへの刺激にクネクネと身悶え、割れ目から溢れる愛液を二人の接点まで漏らしてきた。

たちまち久彦は、妖しい快感に貫かれ、

「い、いく……!」

呻きながら熱い大量のザーメンをドクンドクンと勢いよく注入した。

「気持ちいいわ……、アアーッ……!」

噴出を感じた途端、佐和子もオルガスムスのスイッチが入ったように声を上げガクガクと狂おしい痙攣を開始した。

まあアナルセックスというより、自らいじる乳首とクリトリスの連動で昇り詰めたのかも知れない。

狭い内部に満ちるザーメンに、さらに動きがヌラヌラと滑らかになった。

久彦も激しく動いて快感を味わい、最後の一滴まで出し尽くしていった。

すっかり満足しながら動きを止め、股間を押しつけて呼吸を整えると、

「ああ……」

佐和子も満足げに声を洩らし、乳首や股間から指を離すと、グッタリと熟れ肌の強ばりを解いていった。

そろそろと股間を引き離そうとすると、濡れた肛門がモグモグと蠢き、ろくに力など入れなくても内圧に押し出され、ツルッと抜け落ちた。

まるで自身が美女の排泄物になったような興奮が湧き、見ると肛門が丸く開き、一瞬中の粘膜を覗かせてから、徐々につぼまって元の可憐なおちょぼ口に戻っていった。

添い寝して余韻に浸ろうとすると、

「早く洗いましょう」

佐和子が言って身を起こし、二人でベッドを降りてバスルームへ移動した。

椅子に座ると、彼女がボディソープで甲斐甲斐しく擦ってくれ、シャワーの湯で流すと自分の股間も手早く洗った。

「オシッコしなさい。中からも洗い流した方がいいわ」

言われて、彼は回復しそうになるのを堪えながら、何とかチョロチョロと放尿した。

すると彼女がもう一度シャワーの湯をかけてくれ、屈み込んで消毒するようにチロリと尿道口を舐めてくれた。

「ね、佐和子さんもオシッコ出して」

「佐和子さんじゃなく、ママって言いなさい」

「うん、ママ……」

久彦は、甘酸っぱい思いで胸を満たしながら答えた。

実家の母親はお母さんと呼んでいるので、違う呼び方なら抵抗もなかった。

そして床に座り込むと、佐和子も心得たように立ち上がり、彼の顔の前に股間を突き出してきた。

「こう？」

言いながら、さらに両の指でグイッと陰唇を広げ、ピンクの柔肉を丸見えにさせてくれたのだった。

久彦も割れ目に顔を埋め、薄れてしまった匂いを貪りながら舌を這わせると、すぐにも柔肉が迫り出すように盛り上がり、味わいと温もりが変化した。

「いいの？　出るわ……」

佐和子が息を詰めて言うなり、チョロチョロと熱い流れがほとばしってきた。

それを舌に受けて味わうと、実に淡く上品な味で、抵抗なく喉を通過させることが出来た。

「アア……」

佐和子が放尿しながら喘ぎ、勢いを付けると口から溢れた分が温かく肌を伝い流れた。するとペニスもムクムクと回復し、すぐにも完全に元の硬さと大きさを取り戻した。

そしてピークを過ぎると急に勢いが衰え、間もなく流れが治まった。

久彦はポタポタ滴る雫をすすり、残り香の中で割れ目を舐め回すと、新たな愛液が溢れて舌の動きが滑らかになり、残尿が洗い流されて淡い酸味のヌメリが満ちていった。

「あう、もうおしまいよ……」

佐和子が言ってしゃがみ込んだので、久彦ももう一度互いの全身にシャワーを浴びせ、身体を拭いてバスルームを出た。もちろん彼女もその気らしく、全裸のまま一緒にベッドへ戻った。

するると彼女が久彦を仰向けにさせ、股を開かせて腹這いになってきた。

「ここから舐めて欲しいのね、いいわ」

言葉で要求しなくても、佐和子は言いながら彼の両脚を浮かせ、尻の谷間に顔を寄せてくれた。

舌先でチロチロと肛門を舐め回し、ヌルッと潜り込ませてくると、

「あう……」

意外に長い舌が奥まで入ってきて、彼は呻きながらキュッと肛門で美熟女の舌を締め付けた。

佐和子も舌を蠢かせ、満足げに勃起して震えるペニスを見つめていたが、やがて舌を離して脚を下ろすと、陰嚢を舐め回してくれた。

熱い息が股間に籠もり、二つの睾丸が舌に転がされ、袋全体が生温かな唾液にまみれた。

さらに彼女が身を乗り出すと、ペニスの裏側を慈しむようにゆっくりと舐め上げ、たまにチロチロと左右に動かしながら、粘液の滲む先端までやって来た。

尿道口を舐め回し、張り詰めた亀頭をくわえると、そのままモグモグとたぐるように喉の奥まで呑み込んでいった。

「ああ、気持ちいい……」

久彦は佐和子の温かく濡れた口の中で、幹を震わせて喘いだ。

彼女も幹を丸く締め付けて吸い上げ、熱い鼻息で恥毛をくすぐりながら、口の中ではクチュクチュと満遍なく舌をからませ、清らかな唾液にネットリとまみれさせてくれた。

小刻みにズンズンと股間を突き上げると、佐和子も顔を上下させスポスポと摩擦してくれたが、やがて彼が高まるとスポンと引き抜いた。

身を起こして前進し、彼が望むのを充分に承知しながら跨がると、唾液に濡れた先端に割れ目を押し付けてきた。

幹に指を添えて位置を定めると、感触を味わうようにゆっくり腰を沈み込ませていった。

たちまち若いペニスは、ヌルヌルッと滑らかに根元まで嵌まり込み、彼の股間に豊満な尻が心地よく密着してきた。

「アア、いい気持ち……」

佐和子は完全に座り込むと顔を仰け反らせて喘ぎ、爆乳を揺すりながら密着した股間をグリグリと擦り付け、やがて身を重ねてきた。

久彦も下から両手でしがみつき、胸に押し付けられる膨らみを感じながら、僅かに両膝を立てて豊満な尻を支えた。

すると佐和子は、すぐにも緩やかに腰を動かしはじめ、彼も合わせて股間を突き上げていったのだった。

3

「まだ動かなくていいわね。ゆっくり味わいたいの……」

佐和子が近々と顔を寄せ、熱く甘い息で囁いた。

やはりさっきはアナルセックスだから、今度は正規の場所で心ゆくまで快感を味わいたいようだった。

「ね、妖怪は人を食べたりするの?」

久彦は、美熟女の温もりと重みを感じながら訊いてみた。

「昔はいたけれど、もうこの百何十年もそんな妖怪はいないんじゃないかしら。どうして?」

「何だか、ママになら食べられたい気持ちになったものだから」

「もう、ダメよ。そんなこと言うと本当に食べてしまいそうになるから」

佐和子は言い、彼の頬を長い舌でペロリと舐め上げてきた。

「ああ、嚙んで……」

唾液のヌメリに酔いしれながら言うと、佐和子も大きく口を開き、綺麗な歯並びでキュッと頬を嚙んでくれた。

「ああ、気持ちいい、もっと強く……」

久彦は甘美な刺激に声を洩らし、思わずズンズンと股間を突き上げはじめた。

「アア……」

佐和子も熱く喘ぎ、きつく締め付けながら腰を動かしてくれた。

溢れる愛液に律動が滑らかになり、クチュクチュと淫らな摩擦音を立てながらヌメリが陰囊の脇を伝い流れ、彼の肛門まで温かく濡らしてきた。

彼女も興奮を高めたように、彼の左右の頬を甘く小刻みに嚙み、本当に食べているようにゴクリと喉を鳴らしてくれた。

「ああ、美味しいわ。今度はどこを食べて欲しいの」

「鼻を……」

「どうして？」

「息が、すごくいい匂いだから……」

羞恥に幹を震わせながら言うと、佐和子も口を開き、綺麗な舌の歯並びを彼の鼻の下に引っかけ、小刻みに顎を左右に動かして鼻の穴を刺激してくれた。

するとロの中に籠もる甘い吐息と、唇で乾いた唾液の匂いに混じり、下の歯の裏側の淡いプラーク臭も混じって悩ましく鼻腔が満たされた。

「ね、空気を吞み込んでゲップしてみて」

さらに彼はフェチックな興奮に包まれてせがんだ。

「もう、すごく嫌な匂いだったらどうするの」

「もっと好きになる……」

言うと、佐和子は久彦の鼻の頭にしゃぶり付き、鼻の穴にもチロチロと舌を這い回らせ、何度か空気を吞み込むと、やがてケフッと軽やかなおくびを漏らしてくれた。

それは甘さの中に、胃の中の生臭さの混じる、濃厚な匂いで彼は鼻腔を悩ましく刺激された。

「ああ、いきそう……、ね、反芻できる？」

「もう、牛の習性なんか残っていないのよ」

言うと佐和子は呆れたように言いながら、それでも、もうと言うたび彼は彼女の中にある件の雰囲気を味わった。

そして彼女は何度か力を込めて少量だけ逆流させ、そっと口移しに生温かな粘液を注ぎ込んでくれた。

それは甘く発酵した生温かな粘液で、温めて薄めたミルクセーキのような味わいだった。

うっとりと飲み込むと、甘美な甘さが胸に広がった。

「すごく甘くて美味しい……」

「朝食のあとのスイーツだわ」

「もっと」

「もうダメ」

「じゃ、唾だけでもいいから飲みたい」

せがみ続けると、佐和子も白っぽく小泡の多い唾液をトロトロと吐き出してくれ、彼も味わいながらうっとりと喉を潤した。

「顔中もヌルヌルにして……」

言うと、彼女もヌラヌラと舌を這わせてくれた。

彼は、生温かく悩ましい香りを含んだ唾液で顔中まみれた。

その間も股間の突き上げは続いているので、もう溜まらずに久彦は勢いよく動き、肉襞の摩擦と締め付けの中で昇り詰めてしまった。

「い、いく……、ああッ……!」

喘ぎながら、ありったけのザーメンをドクンドクンと勢いよく柔肉の奥にほとばしらせると、

「いっちゃう……、アアーッ……!」

噴出を感じた佐和子も、同時に声を上ずらせるなりガクガクと狂おしいオルガスムスの痙攣を繰り返しはじめたのだった。

久彦は心ゆくまで快感を味わい、最後の一滴まで出し尽くしていった。

やはりアナルセックスの初体験も新鮮だったが、こうして膣内に出すのが最高だと実感した。

すっかり満足しながら徐々に突き上げを弱めていくと、

「ああ……、すごい……」

佐和子も下降線をたどりはじめた快感を惜しむように言い、熟れ肌の硬直を解いてグッタリともたれかかってきた。

まだ膣内が名残惜しげにキュッキュッと収縮を繰り返し、何やら全身まで吸い込まれてしまいそうだった。

彼が刺激されながらヒクヒクと幹を過敏に跳ね上げると、

「も、もう堪忍、暴れないで、感じすぎるわ……」

佐和子もすっかり敏感になっているように言い、幹の震えを抑えつけるようにキュッときつく締め上げてきた。

(とうとう、母娘の両方としちゃった……)

久彦は、豊満な美熟女の重みと温もりを受け止めながら思った。

そして彼女の熱く喘ぐ口に鼻を押し付け、濃厚な白粉臭を含んだ甘く刺激的な吐息を胸いっぱいに嗅いで酔いしれながら、うっとりと快感の余韻に浸り込んでいったのだった……。

4

「あの、今日は国文サークルありますか。麻生先生がいないんですが」

翌日、学内で久彦は一人の女子大生に声をかけられた。

「奈津美先生か、いると思うけど」

久彦は答えた。いま事務局で、新住所の身分証が出来たので受け取ったところである。

話しかけてきたのは、三年生で二十歳の涼崎光代《すずさきみつよ》だった。

色白で黒髪が長く、ソバカスのある大人しい子で、知的な図書委員といった雰囲気である。前から奈津美を尊敬していて、どうも処女ではないかと久彦は思っていた。

もちろん顔見知りの女子は、今まで何度となく彼は妄想オナニーでお世話になっていた。

「今日のサークルは未定だけど、見かけたら声をかけておくよ」

「はい、ありがとうございます」

「夏休みは、どこか行くの？」

一緒に学内を歩きながら訊いてみた。そういえば、サークルで一緒だが、光代と一対一で話すのは初めてである。

「いえ、静岡の実家に帰るだけです」

「そう、そろそろ就職も考えないとね」

「ええ、出来れば大学に残りたいです」

光代が言う。やはり、いつまでも奈津美の近くにいたいのかも知れない。

確かに奈津美は長身で颯爽たる、少々ボーイッシュなメガネ美女だから、光代は宝塚のような憧れを抱いているのだろう。

「じゃ私ここで。教室に行っていますね」

光代は笑顔も見せず、男と話すのが憚《はばか》られるように言うと、足早に立ち去っていった。

国文サークルも、奈津美と光代と久彦などほんの数人しか集まらないし、今は夏休み直前でみな浮かれているから来ないだろう。

光代も、奈津美と二人きりが良いだろうから、久彦もすぐには向かわず学内をぶらついていた。

助手の仕事も今は暇で、夏休み中に後期の準備をする程度である。

いつしか武道場の方へ来ると、やはり試合が近いクラブは熱心に稽古をし、柔道や剣道の気合いが聞こえてきた。

その少し離れたところに弓道場があるが、もう部員が少なく廃部寸前と言われていた。

行ってみると、国文の四年生で、二十二歳になる木戸恵利香《きどえりか》が一人、道着を着て稽古していた。彼女は、商事会社を経営する父親の会社に入ることになっているらしい。

恵利香は髪を束ね、厳しい表情で的を見つめて弦を引き絞っていた。

実に凛々しく整った横顔で、さっきの光代同様、あまり笑みを見せないストイックなタイプだった。

学力も優秀だから、きっと七光りの会社の中でも敏腕を振るうようになってゆくだろう。

ピュッと矢が放たれると、それは的の端を射貫いた。

その周囲にも何本かの矢が刺さっているので、どうやら的に命中したのは今のが初めてらしい。

(やってみる?)

と、頭の中に亜美の声が聞こえてきた。どうやら近くにいて、彼の様子を窺っていたようだ。

(出来ないよ、やったことないんだから)

(私がいれば大丈夫。作法も全て知っているから)

長く生きている亜美が付いていれば出来るかも知れない。それに久彦は、この恵利香の面影でも、今まで奈津美に匹敵するぐらい多く妄想オナニーでお世話になっていたのだ。

「あ、天野さん」

と、的を射て安心したように恵利香が彼に気づいて言った。

「一人の稽古は寂しいね」

「いえ、いつもそうですから。それより弓に興味がおありですか」

「うん、少しは出来るよ」

「まあ、意外です。良かったら」

恵利香が言い、自分の弓を置いて他の部員の弓を用意してくれた。

久彦も靴を脱いで上がり込み、神前に礼をして弓を受け取った。

「稽古着姿でないので失礼だけど」

「構いません、誰もいないのだから」

答えながら恵利香が矢を二本、手渡してくれた。

「もし二本のうち一本でも的に当たったらデートしてくれる？」

「まあ、そんなこと言う人だったんですか！」

言うと、恵利香が怒ったように眉を吊り上げて言った。

笑顔より、厳しい表情の方がゾクゾクするほど魅力的だった。しかし、今までのダサい彼とはどことなく違うと、彼女も気づきはじめたようだ。

「ごめんよ、神聖な道場で」

「いいですよ！　もし当たったらデートします。でも二本とも外したら、今日この掃除を隅から隅までしてもらいますから」

「うん、分かった。では」

恵利香が意地になったように言うと久彦は答え、もう一度一礼して矢と弓を持って的に向き直った。

「《ゆがけ》は？」

彼女が言う。右手に嵌める皮手袋のことだ。

「要らない」

久彦は答えて的に向かい、半身になった。

確かに、何本射ても元主将の恵利香でさえ、ようやく的の端に一本当たっただけなのだから、相当に困難だろう。

傍らでは、仁王立ちになった恵利香が息を詰めて見守っている。

的までの距離は二十八メートルで、的の大きさは三十六センチ。同心円が三本描かれ、図星といわれる真ん中の部分は直径七・二センチ。

ここから見ると、的全体でさえ相当に小さい。

(矢をつがえて)

亜美の声が聞こえ、久彦は右手に矢を持ち、もう一本を弦につがえた。

まるで彼女が乗り移ってくれたように、スムーズに動くことが出来た。

(打ち起こして引き分け)

言われるまま両手を差し上げて弦を引き絞り、矢が水平になるまで両手を前後に開いた。

(やや上、もう少し右、息を詰めて揺らさない)

亜美が言いながら微調整してくれた。弦を引き絞るのも力が要るが、今は彼女が乗り移ったのか、それほど辛くはない。

(いま！)

亜美が言い、久彦は矢を放った。反動の弦が身体にぶつかることもなく滑らかに射ることが出来た。

矢は一直線ではなく、緩やかな弧を描いて彼方の的でカッと音がした。

「え……？　そんな……」

恵利香が息を呑んで言った。矢は、計ったように図星のど真ん中を射貫いていたのだ。

どうやら亜美は、彼が射る瞬間のブレまで計算して指示したようだ。しかも予知能力があるということは、ど真ん中に射る結果のための準備も微細に到るまで周到だったのだろう。

硬直している彼女をよそに、久彦は矢継ぎ早に二本目の矢を構えた。

(今度はもっと強く引き絞って)

亜美が言い、久彦も渾身の力で弦を引いた。

(もう少し上、行き過ぎ、そう、そこでいいわ。いま！)

言われて、彼は二本目の矢を放った。

矢は勢いよく、さっきと同じコースを辿って飛び去り、当たった途端にガッとさっきと違って鈍い音がした。

「つ、継ぎ矢……、そんなバカな、初めて見た……」

恵利香が言って急いで的場へ行くので、久彦も礼をして弓を置くと、彼女について いていった。

的まで行くと、最初の矢の矢筈《やはず》に二本目の矢尻が刺さり、まるで一本の長い矢が図星を射ているようだった。

「こ、こんなことって……」

「ごめんよ、矢を二本とも壊しちゃった」

今にもへたり込みそうになっている恵利香に、彼は言った。

二本が繋がる継ぎ矢というのは縁起が良いのだが、矢筈と矢尻の両方が損傷してしまう。

「いえ、これは私が記念に貰っていくわ……」

恵利香は言い、繋がった矢を注意深く的から引き抜いて大切に抱えた。息が震え、なかなか動揺から抜け出せないらしい。

「それでデートのことだけど」

「え、ええ……、そうだったわ。今日はこれから父の会社に行く約束があって、明日は午前中練習があるので、昼からなら……」

「じゃ明日の午後一時、駅前で」

「分かりました。必ず行きます……」

彼女が答えたので、久彦は中へ戻り、弓を片付けてから弓道場を出た。

(亜美、ありがとう。矢を射るのは気持ち良かったよ)

(ええ、明日はあの気の強そうな女を射られるわ。良かったわね)

心の中で礼を言うと亜美は答え、またどこかへ行ってしまったように応答が途絶えた。

久彦は国文サークルへ顔を出すと、そこに奈津美が居た。

そこは教室の奥にある奈津美専用の小部屋で、テーブルにソファ、小さなキッチンとトイレがあり、あとはスチール棚に本が並んでいた。

「涼崎さんが探していたようだけど」

「そう、ずっと教授たちと会議していたの。私がいないので彼女は、もう帰ったのかも知れないわね」

メガネ美女の奈津美が答え、彼を見た途端にレンズの奥の眼差しが熱っぽくなった。

久彦も、憧れだったこの綺麗なお姉さんとすでに懇ろになっていると思うと、ムクムクと痛いほど股間が突っ張ってきてしまった。

まして今日は、日頃から妄想でお世話になっていた光代と恵利香に会い、すっかり下地が出来上がっているのだ。

「ね、少しだけいい？」

「まあ、ここで？」

「だって待てないから……」

彼は言い、テントを張ったズボンの股間を突き出した。

すると奈津美も事務を止め、ソファの方へ移動してきた。

久彦はズボンと下着を膝まで下ろし、ペニスを丸出しにしてソファに座った。

「全部脱ぐのは無理よ」

「ええ、下ろすだけでも」

言うと、奈津美もスカートをめくり上げ、パンストごと下着をズリ下ろしてくれた。

そしてソファに上がってきたので、

「待って、先に足を」

彼は言い、奈津美の足首を摑んで引き寄せた。

「あん……」

彼女はよろけそうになり、急いで壁に手を突いて身体を支えた。

下半身は膝まで露わにしただけなので、爪先はパンストが穿かれたままだ。

それでも爪先に鼻を押し付けると、薄い繊維には生ぬるく汗と脂の湿り気が沁み付き、蒸れた匂いが濃厚に感じられた。案外、素足よりも匂いが濃く、その刺激が鼻腔からペニスに伝わってきた。

鼻を擦りつけて嗅ぎまくると、繊維の中で五指が妖しく蠢いた。

5

「じゃ、お尻を向けてね」

久彦は、両足ともパンスト越しに爪先を嗅いでから言うと、

「注文が多いわね」

奈津美も言いながら、ソファに座っている彼の顔に背を向け、下着とパンストを脱いで、彼を跨いで裾をめくり上げた。

白く豊満な尻が迫り、彼は両の親指でムッチリと谷間を開き、レモンの先のように僅かに突き出て艶めかしいピンクの蕾に鼻を埋め込んだ。

顔中を弾力ある双丘に密着させて嗅ぐと、蒸れた汗の匂いに混じり、生々しく秘めやかな匂いが感じられた。

それは淡い硫黄臭に似ているが、もちろんここのトイレはシャワー付きでも、美女だろうとたまには気体が漏れることもあるのだろう。久彦は美女と刺激臭のギャップ萌えに激しく高まり、鼻を擦りつけて微香を嗅ぎまくってから舌を這わせた。

チロチロと舐め回して襞を濡らしてから、ヌルッと潜り込ませ、うっすらと甘苦く滑らかな粘膜を探ると、

「アア……、変な気持ち……」

奈津美は喘ぎながら、モグモグと肛門で舌先を締め付けてきた。

割れ目から溢れた愛液も、白く張りのある内腿に伝い流れはじめたようだ。

やはり密室で全裸になるのと違い、神聖な職場で下半身だけ露出して舐めてもらうのも格別なようだった。

彼女は豊満な尻をくねらせながら、もっと奥まで舐めろというようにグイグイと押し付けてきた。

久彦も、尖らせた舌を出し入れさせるようにクチュクチュと動かし、やがて顔を引き離した。

「じゃこっちを向いて」

言うと奈津美もすぐに身を起こし、向き直るとあらためて彼を跨ぎ、裾をめくって股間を突き出してきた。

顔を埋めて茂みに鼻を擦りつけると、汗とオシッコの蒸れた匂いが悩ましく沁み付き、生温かな湿り気が鼻腔を掻き回してきた。

胸を満たしてから真下の割れ目に舌を這わせると、陰唇の内側は生ぬるくヌラヌラした愛液が溢れていた。

「アア……、いい気持ち……」

奈津美も次第に夢中になって喘ぎ、グイグイと股間を押しつけてきた。

久彦がソファの背もたれに後頭部を乗せ、ほとんど仰向けに近くなると、彼女も片方の足を浮かせて背もたれに乗せ、大股開きになって割れ目を彼の顔に擦り付けた。

柔らかな恥毛で鼻を擦られ、彼は悩ましい匂いに包まれながら愛液をすすり、ツンと突き立ったクリトリスを執拗に舐め回した。

「も、もういいわ、充分……」

奈津美が言って股間を引き離し、そのまま彼の股間に跨がり、脚をM字にして向かい合わせにしゃがみ込んできた。

先端に濡れた割れ目を押し付け、ゆっくり腰を沈めると、肉棒はヌルヌルッと滑らかに膣口に収まっていった。

「アアッ……！」

奈津美が熱く喘いで完全に座り込み、正面から彼にしがみついてきた。

久彦も両手を回しながら、肉襞の摩擦と温もり、潤いと締め付けに包まれながら快感を嚙み締めた。

喘ぐ口からは花粉臭の濃厚な息が湿り気を含んで吐き出され、嗅ぐたびに鼻腔が刺激されて興奮が高まった。

やがて彼女は自分からスクワットするように、脚をM字にさせたまま腰を上下させはじめた。溢れる愛液に動きが滑らかになり、クチュクチュと湿った音が聞こえてきた。

唇を重ねて舌を挿し入れると、

「ンンッ……！」

奈津美が熱く鼻を鳴らし、チュッと彼の舌に吸い付いてきた。

チロチロと舌をからめると、生温かな唾液が流れ込み、彼はうっとりとすすって喉を潤した。

熱い鼻息に顔中が湿り、久彦もズンズンと股間を突き上げながら、ジワジワと絶頂を迫らせていった。

乳首が吸えないし、まだフェラもしてもらっていないのが物足りないが、それ以上に互いが着衣のまま、肝心な部分だけ繋がり、しかも学内ということに激しく高まった。

しかし、いきなり奈津美が口を離し、腰の動きを止めたのだ。

「ね、続きは私の家でしましょう。このままだと、歩けなくなりそう……」

「そ、そんなあ……」

絶頂間際で快楽を中断され、久彦は情けない声を出したが、彼女はさっさと股間を引き離してしまった。

やはり土壇場に来て、彼女はここが神聖な学内であることを意識しはじめたのかも知れない。

「じゃ、せめてお口で……」

「分かったわ。待って」

愛液に濡れたペニスを震わせて言うと、奈津美は誰が来ても良いように、まず身繕いをした。

そして服を整えると髪を直し、あらためて彼の前に膝を突き、股間に顔を寄せてきてくれた。

自らの愛液にまみれた先端に、メガネ美女が舌を這わせ、充分にチロチロと尿道口を舐めてから、張り詰めた亀頭を含んできた。

そのままスッポリと喉の奥まで呑み込んでゆき、熱い息を股間に籠もらせると幹を締め付けて吸い、口の中ではクチュクチュと満遍なく舌をからめて肉棒を生温かな唾液にぬめらせた。

「ああ、気持ちいい……」

久彦も中断された快感を甦らせ、ズンズンと股間を突き上げた。

奈津美も顔を上下させ、濡れた口でスポスポと強烈な摩擦を繰り返した。

「い、いきそう……」

彼が再び絶頂を迫らせていった途端、いきなりドアが開いたのだ。

「あ……！」

入ってこようとしたのは、何と光代である。

彼女は一瞬で青ざめて立ちすくみ、奈津美も慌てて口を離したが、その拍子に前歯が亀頭に当たった。

「いててて……」

久彦は呻いたが、我に返った光代がパッと外へ駆け出していったのだ。

「任せて」

奈津美が言って立ち上がり、指で口を拭いながら、

「待って、涼崎さん！」

光代を追って勢いよく飛び出していってしまった。

「そ、そんなあ……」

またもや中断され、久彦は情けない思いで声を洩らした。

しかし、さすがにあの真面目で純粋そうな光代に強いショックを与えたのは良くないだろう。唾液にまみれて勃起していたペニスも、みるみる力を失って萎縮していった。

仕方なく彼は立ち上がってパンツをズリ上げ、ズボンを整えて身繕いをした。

（大丈夫かな……）

そして何とか激情を鎮めると、あらためて光代のことが心配になった。ああいう情の濃そうな子は、憧れの奈津美の淫らな姿を見て、衝動的に電車にでも飛び込みかねない。

奈津美が戻ってくるかも知れないので、帰るわけにもいかなかった。

しばしソファにもたれて休憩していると、やがて携帯が鳴り、奈津美からのラインが入った。

「これから私の家へ来て」

と書かれていたので、久彦も「了解」と返信して部屋を出た。

勃起は治まったが興奮はくすぶり、足もフワフワと雲を踏むようだった。

大学を出ると、前にも行った奈津美のハイツに向かい、やがて着いてチャイムを鳴らした。

すぐにドアが開くと奈津美が迎えてくれ、彼もドアを内側からロックして上がり込んだ。

すると中に、光代が座ってうなだれていたのである。

「ああ、無事で良かった」

久彦が言って、ほっとソファに腰を下ろすと、光代が顔を上げて怖い眼で彼を睨んだ。

「イヤらしい……、あなたも先生も」

涙ぐんで言うので、彼女の隣に奈津美が座って宥めた。

とにかく部屋に連れて来て、色々話すつもりだったようだ。

「二人は、お付き合いしていたんですね」

「そうよ、すごく素敵な彼なのよ」

「それにしても、学内でするなんて……」

光代が詰《なじ》ると、興奮の残っている久彦は、ゾクゾクと彼女にまで淫気を湧き上がらせてしまったのだった。

第四章　先生といっしょ

1

「まだ男を知らないから嫌悪感が湧くのよ。知ってしまえば、良いことが理解できるわ」

奈津美が優しく言うと、光代が顔を上げた。

「彼としてみろと言うんですか……」

「私が一緒ならば恐くないでしょう」

すると光代の頑なな様子が、見る見る和らいでいった。やはり二十歳にもなっているのだし、性や快楽への好奇心も充分すぎるほど持っているのだろう。

「先生が一緒なら……」

光代が言うので、少々荒療治ではあるが、奈津美も意を決したように顔を上げて久彦を見た。

「聞いての通りよ。これから性教育するから脱いで、全部」

「うわ、分かりました……」

言われて、久彦は急激に勃起しながら脱ぎはじめた。すでに室内に籠もりはじめた二人分の女臭に、股間が反応していたのだ。

彼が脱いでいる間、なおも奈津美はカウンセリングでもするように光代に話しかけていた。

「今まで彼氏とか、好きになった男性は？」

「誰もいません。ずっと女子校だったし、何のクラブにも所属せず、家で本ばかり読んでいました。初めて好きになったのは、麻生先生です……」

「そう……、でも彼は私の恋人だから、私と同じように扱ってね」

奈津美が言い、二人が話している間に彼は全裸になってベッドに横になり、枕に沁み付いた悩ましい匂いに胸を高鳴らせていた。

「オナニーはしているの？　快感は味わっている？」

「ほんの、たまにです。快感も、いく感じは何となく知ってます……」

「クリトリスだけ？　指を入れたことは？」

「少しだけあります……」

二人の会話に、久彦はゾクゾクと期待を高めていった。

「さあ、じゃ私たちも脱ぐのよ」

「ぜ、全部ですか……」

「もちろん。でもどうしても嫌だったら、ちゃんと言うのよ」

「ええ……、先生の言う通りにします……」

光代も、徐々に好奇心を前面に出しはじめたように小さく頷いた。

やがて奈津美が脱ぎはじめると、光代もモジモジとブラウスのボタンを外していった。

二人が徐々に肌を露出していくと、さらに服の内に籠もっていた熱気が悩ましい匂いを含んで混じり合い、室内に立ち籠めていった。

もちろん久彦は、さっきから快感が中断していたので、今にも暴発しそうなほどペニスはピンピンに突き立っていた。二人を相手になど初めてのことだし、まして人間の処女も初めての経験なのである。

たちまち二人は一糸まとわぬ姿になり、彼の好みだからとメガネだけかけた奈津美がベッドに誘うと、光代もモジモジと胸を隠して近づいてきた。

「じゃ、見て」

奈津美が言って彼の股間に屈み込むと、光代も挟むように顔を寄せて熱い視線を注いできた。

（うわ、感じる……）

左右から見られるだけで、久彦は漏らしそうなほどの高まりに見舞われた。

しかも光代の方は、完全に無垢な視線なのである。

「どう、これがペニスなのよ」

「変な形、気持ち悪いわ……」

光代は答えたが、視線は離さなかった。

「いじってみて。こんなふうに」

奈津美が言って、先に幹に指を這わせてきた。

すると光代もそっと触れて、いったんいじると抵抗感が薄れたように、次第に張り詰めた亀頭や、陰嚢の睾丸を探り、袋をつまみ上げて肛門の方まで覗き込んできた。

そして再びペニスに戻り、カリ首をつまんでニギニギした。

「こんな大きいのが入るのかしら……」

「もちろん入るわ。女の方も興奮で濡れるのだから」

「先っぽが濡れてきたわ。これがザーメン？」

「ザーメンは白っぽくて、勢いよく飛ぶの。これは愛液と同じ、感じるときに滲む液体」

勃起したペニスを挟み、女同士がヒソヒソと話している様子は何とも興奮をそそった。久彦は、二人の熱い視線と息を感じているだけで、何度も幹をヒクヒク震わせた。

「さっき、先生はおしゃぶりしていたけど……」

「ええ、お口でするととっても気持ち良くなって、そのまま射精することもあるわ。してみましょう」

奈津美が言い、濡れた尿道口にチロチロと舌を這わせ、張り詰めた亀頭をくわえて吸い付き、スポンと引き離した。

するとと光代も、彼女の唾液が付いたものなら大丈夫とでも言うように、同じように舌を這わせ、亀頭にしゃぶり付いてくれた。

「ああ……」

無垢な吸引と舌の蠢きに、久彦はクネクネと腰をよじって喘いだ。

「何だかすぐいきそうね。まず出させて、落ち着かせましょうね」

奈津美が言って、いったん顔を上げた。

「でも、最初から肝心なところは勿体ないので、せっかくだから隅々まで味わって、男の身体に慣れてからよ。まずここから」

奈津美は言って身体を移動させ、光代の抵抗が薄い彼の乳首にチュッと吸い付いてきた。

すると、もう片方の乳首にも光代が素直に唇を押し当ててきたのだ。

二人分の熱い息が肌をくすぐり、それぞれの舌がチロチロと乳首を刺激し、時にチュッと強く吸い付かれた。

「あう……、気持ちいい……、嚙んで……」

久彦が身悶えながら言うと、奈津美がキュッと乳首を嚙んでくれ、それを確認すると光代も綺麗な歯並びで乳首を挟んでくれた。

「アア、もっと強く……」

彼が甘美な刺激に喘いで言うと、二人はやや力を込めて嚙んでくれた。

久彦は美女たちに愛撫され、何やらペニスに触れられないまま果ててしまいそうだった。

やがて奈津美が脇腹を舐め降りていくと、光代もそれに倣った。

二人の唇と舌が、微妙な非シンメトリックな刺激で移動してゆき、時に脇腹にも綺麗な歯並びがキュッと食い込んだ。

さらに二人は、仰向けの彼の腰から太腿、脚を舐め降りていったのだ。

まるで日頃、彼が女性にしている愛撫の順番である。

足首まで行くと、二人は厭わず彼の足裏にもチロチロと舌を這わせ、ほぼ同時に爪先にしゃぶり付いてきた。

「アア……、いいのに、そんなことしなくても……」

久彦は、申し訳ないような快感に喘ぎ、指の股にヌルッと美女たちの舌が潜り込んでくるのを感じた。

何やら生温かなヌカルミでも踏んでいるような感覚で、たちまち全ての指の間が美女たちの舌に清められ、唾液にまみれた。

ようやく口を離すと、二人は彼を大股開きにさせ、脚の内側を舐め上げてきたため、内腿にも歯が食い込んできた。

やがて二人が頬を寄せ合い、熱く混じった息が股間に籠もった。

「ここもよ」

すると奈津美が言って彼の両脚を浮かせ、尻の谷間を舐め回してくれた。

肛門を舐めて濡らし、ヌルッと潜り込ませると、

「あう……」

久彦は妖しい快感に呻き、美女の舌先をキュッと肛門で締め付けた。

彼女が口を離すと、光代も奈津美の唾液の跡をたどるように舌を這わせ、同じようにヌルッと侵入させてきたのだ。

「く……！」

立て続けだと、二人の舌の感触や温もり、蠢きの違いが分かり、彼はどちらにも激しく感じて呻き、モグモグと処女の舌先を肛門で締め付けた。

内部で光代の舌が蠢くと、ペニスが内から刺激されてヒクヒクと上下した。

光代が舌を離すと脚が下ろされ、二人は顔を寄せ合い、同時に陰嚢にしゃぶり付いてきた。

光代もすっかり奈津美のペースに合わせて、抵抗感を覚える暇もなく何でも素直に従っていた。

もちろん女同士の舌が触れ合っても、光代にしてみれば嬉しいことで、奈津美も特に抵抗はないようだった。

それぞれの睾丸が舌に転がされ、袋全体はミックス唾液に生温かくまみれた。

やがて二人は陰嚢をしゃぶり尽くし、いよいよ身を乗り出して、ペニスの裏側と側面を同時に舐め上げてきたのだった。

2

「アア……、気持ちいい……」

二人分の滑らかな舌が幹を這い、先端まで来ると久彦は腰をよじらせて熱く喘いだ。

二人は交互に濡れた尿道口を舐め、張り詰めた亀頭をしゃぶり、代わる代わる深く呑み込んでは舌を蠢かせて吸い付き、チュパッと引き離してはすかさず交代した。

微妙に異なる舌の蠢きや温もり、吸引の仕方や感触のどちらにも彼は高まり、急激に絶頂を迫らせていった。

むしろ、もうどちらの口に含まれているかも分からないほど彼は朦朧となり、ズンズンと股間を突き上げながら心地よく摩擦を味わい、あっという間に昇り詰めてしまった。

何しろ学内にいるときから、ずっと高まっていたのである。

「あう、いく……！」

「飲んであげて」

彼が硬直して呻くと奈津美が言い、ちょうど含んでいた光代の口の中に、ドクンドクンと熱い大量のザーメンがほとばしった。

「ク……、ンン……」

勢いよく喉を直撃された光代が眉をひそめて呻き、慌てて口を離した。すると、すかさず奈津美が亀頭を含み、余りのザーメンを吸い出してくれた。

「ああ、気持ちいい……！」

久彦は快感に喘ぎながら幹を脈打たせ、さっきまで不発だったものをようやく最後の一滴まで奈津美の口の中に出し尽くしていった。

彼女も全て吸い出すと摩擦を止め、亀頭を含んだまま口に溜まったザーメンをゴクリと飲み込んでくれた。

「あう……」

喉が鳴ると同時に口腔がキュッと締まり、彼は駄目押しの快感に呻いた。

すると奈津美もスポンと口を離し、光代の顔を引き寄せ、

「さあ、一緒に最後まで舐めて綺麗にしてあげるのよ」

言いながら、二人で濡れた尿道口に舌を這わせてくれた。光代も、口に飛び込んだ濃厚な第一撃は、何とか飲み干してくれたようだった。

股間に混じり合った熱い息が籠もり、二人の舌先でチロチロと執拗に尿道口を舐められ、

「あうう、も、もういい……」

久彦はクネクネと腰をよじらせ、過敏に幹を震わせながら降参した。

ようやく二人も舌を引っ込めて顔を上げ、

「生臭いわ。これが生きた精子なの……？」

光代が残り香を感じ、微かに眉をひそめて言ったが、それほど気持ち悪そうにはしていなかった。

「すぐ慣れるし、好きな人のものは愛しく感じられるわ」

奈津美が言い、今度は久彦に向かって言った。

「さあ、どうすれば回復するかしら。二人で何でもするから言って」

その言葉だけで彼は余韻に浸る暇もなく、ゾクゾクと胸を高鳴らせた。

「じゃ、足を顔に乗せて……」

彼が言うと、奈津美が光代を促して一緒に立ち上がった。

そして仰向けの久彦の顔の左右にスックと立ち、互いの身体を支え合いながら先に奈津美が、そっと足裏を顔に乗せてきてくれたのだ。

「あう、こんなことするんですか……」

「しちゃいけないことほど、すごく興奮するものなのよ」

言われて、光代もガクガク脚を震わせながら、恐る恐る片方の足を浮かせ、そっと足裏で彼の顔に触れてきた。

「アア……、変な気持ち……」

光代が声を震わせ、久彦も二人分の足裏の感触を顔中に受けてムクムクと回復していった。

それぞれの踵から土踏まずに舌を這わせ、指の股に鼻を押し付けて嗅ぐと、どちらも汗と脂に生ぬるく湿り、ムレムレの匂いが濃厚に沁み付いていた。

二人の匂いを交互に嗅いでから、先に奈津美の爪先にしゃぶり付いた。

順々に指の間に舌を割り込ませて味わい、次に光代にも同じようにすると、

「あう、ダメ……!」

彼女が驚いたように呻き、思わずギュッと踏みつけてきた。

それでも全ての指の股を味わい、足を交代させて、彼は二人分の新鮮な匂いと味を堪能し尽くしたのだった。

下から見上げると、どちらもムチムチと張りのある内腿の間から濡れはじめている翳りを覗かせていた。

「じゃ、跨がって」

真下から言うと、もちろん手本を示すように、先に奈津美が彼の顔に跨がり、和式トイレスタイルでしゃがみ込んでくれた。

スラリと長い脚がM字になると、内腿がムッチリと張り詰めて量感を増し、濡れた割れ目が鼻先に迫ってきた。

さっき学内で舐めたが、柔らかな恥毛の隅々には、さらに蒸れて濃厚な汗とオシッコの匂いが沁み付き、悩ましく鼻腔を刺激してきた。

胸を満たしながら舌を挿し入れて柔肉を探ると、淡い酸味のヌメリが大量に溢れていた。

膣口を掻き回してクリトリスまで舐め上げると、

「アアッ……！」

奈津美が熱く喘ぎ、キュッと股間を顔中に押しつけてきた。

本当は早く無垢な光代を舐めたくて気が急くが、もちろん双方をありがたく味わわなければならない。

だからちゃんと奈津美の尻の真下にも潜り込み、顔中に双丘を受け止めながら谷間の蒸れた微香を貪り、舌を這わせてヌルッと潜り込ませた。

「あう……」

奈津美が呻き、モグモグと肛門で舌先を締め付けてきたが、彼女もまた無垢な光代が舐められるところを見たいのか、前後を舐めてもらうと早々と股間を引き離してくれたのだった。

「さあ、同じようにしてみて」

奈津美は傍らに座り、上気した顔で息を弾ませながら光代に言った。

「アア、恥ずかしいわ……」

光代も、奈津美が舐められているのを見ながら、相当に興奮と緊張を高めて言い、それでもフラつきながら立ち上がり、そっと彼の顔に跨がってきた。

それを奈津美が手を握って支えてやると、彼女も意を決してゆっくりしゃがみ込んできた。

するとM字になった脚がムッチリと張り詰め、無垢な割れ目が久彦の鼻先までズームアップしてきた。

近々と迫ると、彼の顔中を熱気と湿り気が包み込んだ。

ぷっくりした丘に煙る恥毛はほんのひとつまみで淡く、割れ目からはみ出したピンクの花びらは、しっとりと清らかな蜜の雫を宿していた。

そっと指を当てて陰唇を広げると、

「あん……」

触れられた光代が声を洩らし、ビクリと内腿を震わせた。

中も綺麗なピンクで、処女の膣口が息づき、包皮の下からは光沢あるクリトリスが精一杯ツンと突き立っていた。

清らかな流れにもう堪らず、久彦は彼女の腰を抱き寄せ、神聖な丘にギュッと鼻を埋め込んでいった。

嗅ぐと、やはり汗とオシッコの匂いが生ぬるく蒸れて籠もり、それに恥垢のチーズ臭も淡く混じって鼻腔を悩ましく刺激してきた。

貪るように嗅ぎながら、舌を挿し入れて柔肉を探ると、やはり淡い酸味のヌメリが迎えてくれた。

処女の膣口をクチュクチュ掻き回し、味わいながらゆっくり小粒のクリトリスまで舐め上げていくと、

「アアッ……！」

光代が熱く喘いでビクリと反応し、思わず座り込みそうになりながら懸命に彼の顔の左右で両足を踏ん張った。

久彦は無垢な味と匂いを堪能してから、尻の真下に潜り込んで谷間を観察すると、薄桃色の可憐な蕾が細かな襞を息づかせ、ひっそり閉じられていた。

鼻を埋め込むと、蒸れた汗の匂いに混じり生々しい微香も籠もり、悩ましく鼻腔を刺激してきた。

やはり、どんなに清楚で大人しい子でも、誰も知らないところで毎日ちゃんと排泄しているのだろう。

彼は微香を貪ってから舌を這わせ、収縮する襞を濡らしてヌルッと潜り込ませて、うっすらと甘苦く滑らかな粘膜を探った。

「あう、ダメ……！」

光代が呻き、キュッと肛門で舌先をきつく締め付けてきた。

中で舌を蠢かせると、割れ目からは泉のように清らかな蜜が滴り、彼の鼻先を生ぬるく濡らしてきた。

久彦は充分に味わい、再び割れ目に戻ってヌメリをすすり、チロチロとクリトリスを舐め回してやった。

3

「あう……、も、もう止めて……」

しゃがみ込んでいられなくなったように腰をくねらせ、光代が両膝を突いて言うと、ようやく久彦も舌を引っ込めてやった。

「じゃ、入れるので見ていなさいね」

やがて光代が股間を引き離してほっとすると、奈津美も見られることに相当興奮しているように言い、仰向けの彼の股間に跨がってきた。

もちろんペニスは、二人分の股間の味と匂いで、すっかり元の硬さと大きさを取り戻していた。

そして先端に割れ目を押し当て、位置を定めると息を詰めて、ゆっくりと腰を沈み込ませていった。

たちまち張り詰めた亀頭が潜り込むと、あとはヌルヌルッと滑らかに根元まで呑み込まれ、それを光代が覗き込んでいた。

「アアッ……、いい……！」

奈津美がビクッと顔を仰け反らせて喘ぎ、完全に座り込むとピッタリ股間を密着させてきた。

「すごいわ、入っちゃった……」

光代が息を呑んで呟き、痛そうでないのを不思議そうに見つめていた。

久彦も、肉襞の摩擦と温もりに包まれて快感を味わったが、二人の口に出したばかりなので暴発する心配はなく、何とか光代の番まで保たせることが出来るだろうと思った。

奈津美は上体を反らせたまま彼の胸に両手を突っ張り、収縮させながら腰を動かしはじめた。

大量に溢れてくる愛液に、すぐにも腰の動きが滑らかになり、クチュクチュと淫らに湿った摩擦音が響いてきた。

「い、いきそうよ……」

奈津美が動きを速めて口走った。彼女もまた、学内から快感をくすぶらせていたのだろう。

膣内の収縮が高まり、粗相したかと思えるほどトロトロと愛液が溢れて互いの股間をビショビショにさせた。

そして彼が下からズンズンと股間を突き上げはじめると、

「い、いく……、アアーッ……!」

たちまち奈津美が声を上げて仰け反り、ガクガクと狂おしいオルガスムスの痙攣を開始したのだった。

傍らから光代も注視し、その絶頂の凄まじさに目を見張っていた。

「ああ……」

やがて絶頂を過ぎると奈津美が満足げに声を洩らし、もちろん久彦も危うくならずに一人目を済ませることが出来た。

奈津美はグッタリと突っ伏して、名残惜しげに膣内をヒクヒク締め付けていたが、それ以上の刺激を避けるように自分から股間を引き離し、ゴロリと横になっていった。

「さあ、入れてみるといいわ……」

息も絶えだえになって言いながらも、奈津美は光代の処女喪失を見逃すまいとするかのように顔だけは向けていた。

光代もそろそろと身を起こし、奈津美の愛液にまみれているペニスに跨がってきた。

先端に割れ目を押し当て、緩やかに動かしながら位置を定めると、もうためらいなく彼女は息を詰め、ゆっくり腰を沈み込ませてきたのだった。

張り詰めた亀頭が潜り込むと、あとは重みと充分すぎるほどのヌメリに助けられ、ヌルヌルッと滑らかに根元まで受け入れていった。

「アアッ……！」

光代が微かに眉をひそめて喘ぎ、股間を密着させてきた。

久彦もきつい締め付けと熱いほどの温もりを感じ、処女の潤いと感触にゾクゾクと高まった。

光代は真下から短い杭に貫かれたようにぺたりと座り込み、硬直していたが、やがて彼が両手を回して抱き寄せると、そろそろと身を重ねてきた。

彼は潜り込むようにして、光代の乳首にチュッと吸い付いていった。

しかし、やはり乳首への反応はなく、光代の全ての神経は股間と破瓜の痛みに集中しているようだった。

「痛い？　でも最初だけよ。乗り越えると良くなるわ」

横から奈津美が言い、光代の背を撫でてやっていた。

久彦は光代の左右の乳首を含んで舐め回し、顔中で膨らみを味わってから、横にいる奈津美の乳首にも吸い付いた。

やはり、学内でも胸は味わっていないので、一通り舐めないと気が済まないのだった。

彼は二人分の乳首を充分に愛撫してから、さらに順々に二人の腋の下にも鼻を埋め込み、ジットリ湿って甘ったるい汗の匂いを胸いっぱいに吸い込んだ。

すると奈津美も、快感を甦らせたように横から肌を密着させてきた。

まだ動かず、久彦は処女の感触と温もりを味わいながら、光代の顔を引き寄せてピッタリと唇を重ねた。

これが彼女のファーストキスであろう。

柔らかな感触と唾液の湿り気が伝わり、舌を挿し入れて滑らかな歯並びを左右にたどると、光代も嫌でないらしく歯を開いた。

中に潜り込ませて舌を探ると、少しビクッと奥へ避難したが、すぐにも様子を探るように触れ合わせ、次第にチロチロと蠢かせてくれた。

生温かな唾液に濡れた舌が滑らかに蠢き、彼が快感に乗じてズンズンと小刻みに股間を突き上げると、

「ああッ……！」

光代が口を離して熱く喘いだ。

熱く湿り気ある息は何とも甘酸っぱく、亜美より濃厚な果実臭だった。

喘ぐ口に鼻を押し込んで嗅ぎながら高まってくると、横から奈津美も割り込んで、いつしか三人で舌をからませはじめた。

光代も、むしろ久彦よりも奈津美と念入りに舌をからめ、膣内を収縮させはじめた。

愛液の量が増し、律動が滑らかになると、もう彼も股間の突き上げが止められなくなって絶頂を迫らせていった。

「ね、唾を飲ませて……」

動きを速めながら言うと、先に奈津美が彼の口にクチュッと唾液を吐き出してくれ、それを見た光代もためらいつつ同じようにしてくれた。

久彦は、二人分の白っぽく小泡の多いミックス唾液を味わい、うっとりと喉を潤して甘美な悦びで胸を満たした。

「顔中ヌルヌルにして……」

さらにせがむと、奈津美が彼の頰を舐め回してくれた。舐めると言うより、吐き出した唾液を舌で塗り付けるようで、光代も真似をして彼の鼻筋から額までヌルヌルにまみれさせてくれた。

光代の甘酸っぱい吐息とともに、奈津美の花粉臭の息が混じり、鼻腔の奥にある嗅織毛が悩ましく刺激された。

何とも贅沢な快感である。

さらに二人は申し合わせたように、彼の左右の耳の穴まで舌を挿し入れて蠢かせた。

聞こえるのは、クチュクチュ言う舌の蠢きと熱い息遣いだけで、彼は何やら二人の美女に頭の中まで舐め回されている気になった。

そして久彦は、二人分の唾液と吐息を心ゆくまで吸収しながら、いつしか股間をぶつけるように突き動かし、きつい締め付けと摩擦の中で、とうとう激しく昇り詰めてしまった。

「い、いく……！」

突き上がる大きな絶頂の快感に口走り、彼はありったけの熱いザーメンをドクンドクンと勢いよく柔肉の奥にほとばしらせた。

「あう……」

噴出を感じたように光代が呻き、さらにキュッときつく締め上げてきた。

そこは、あやかしの力を含んだザーメンだから、急激に破瓜の痛みが和らぎ、まだ完全ではないにしろ快感らしきものが光代の奥に芽生えたようだ。

久彦は遠慮なく突き上げながら快感を噛み締め、心置きなく最後の一滴まで出し尽くしていった。

やがて、すっかり満足しながら徐々に突き上げを弱めていくと、

「アア……」

光代も熱く声を洩らし、肌の強ばりを解いてグッタリともたれかかってきた。

久彦は、体重を預けてくる光代の温もりと、横から密着している奈津美の感触を味わいながら、いつまでもヒクヒクと膣内で幹を震わせた。

そして二人分のかぐわしい唾液と吐息を嗅ぎながら、うっとりと快感の余韻に浸り込んでいったのだった。

「大丈夫?」

「ええ、何だか気持ち良かったです……」

奈津美が気遣って囁くと、光代も自身の中に芽生えた何かを探るように小さく答えた。

「そう、最初から感じる人もいるようだから」

奈津美は言ったが、光代は彼女が一緒にいたからだと思っていることだろう。

やがて光代が身を離し、三人でバスルームへと移動したのだった。

4

「ね、オシッコ出して……」

三人、シャワーの湯で身体を洗い流すと、例により久彦は狭い洗い場の床に座り込んで言った。そして二人を左右に立たせて肩を跨がせ、顔に股間を向けてもらった。

両の割れ目に顔を埋めると、さすがに濃厚だった匂いは薄れてしまった。

特に光代は、出血もしなかったようである。

「え？　オシッコをかけるの……？」

処女を失ったとはいえ、まだまだ初々しい反応で光代が言い、縋《すが》るように奈津美を見た。

しかし奈津美が下腹に力を入れている様子に、自分も慌てて息を詰め、尿意を高めはじめた。やはり後れを取ると注目されるだろうから、何とか奈津美と同時に出したいのだろう。

それぞれの割れ目を舐めると、思った通り先に奈津美が柔肉を蠢かせ、

「あう、出るわ……」

息を詰めて言うなり、チョロチョロと熱い流れがほとばしってきた。

久彦は流れを舌に受けて味わい、喉を潤した。

それを見て光代も懸命に柔肉を収縮させ、ようやくポタポタと熱い雫を彼の肩に滴らせてきた。彼もそちらを向いて舌を這わせると、間もなくチョロチョロとか細い流れがほとばしった。

「ああ……、信じられない……」

光代が息を震わせて言い、意思と関わりなく次第に勢いを付けて放尿しはじめてくれた。

どちらの味と匂いも実に淡く控えめで、抵抗なく飲み込むことが出来た。

しかし片方に集中すると、もう一人の分が肌に注がれ、混じり合うと悩ましく匂いが倍加した。

もちろん肌を心地よく伝い流れるオシッコでペニスが温かく浸されると、彼はまたもやムクムクと回復していった。

間もなく、二人はほぼ同時に流れを治めた。

しかしどちらも、余りの雫に愛液が混じり、すぐにもツツーッと糸を引いて滴った。

久彦は交互に割れ目を舐め、残り香の中でヌメリを味わったのだった。

「ああ、もうダメ……」

光代が言って座り込むと、奈津美も股間を引き離し、もう一度三人でシャワーを浴び、身体を拭いて全裸のままベッドへ戻っていった。

「ね、今度は私の中でいって……」

奈津美が、彼の回復を見ると仰向けになって言った。

久彦も腹這い、大股開きになった奈津美の股間に顔を寄せていった。

すると横から、光代も顔を割り込ませてきたのである。

同性のものでも、間近に割れ目を見るのは初めてなのだろう。

「私のも、こんなに綺麗な色？」

奈津美の割れ目を見た光代が、甘酸っぱい息を弾ませて彼に囁いた。

「うん、綺麗だよ」

久彦は答え、奈津美のクリトリスを舐め回した。

「私も……」

光代が言い、彼が顔を離すと、すぐ割れ目に顔を埋めてクリトリスに吸い付いていった。

「アアッ……！」

二人交互に舐められ、奈津美が熱く喘ぎながら新たな愛液を漏らしてきた。

「い、入れて、すぐ一つになりたいの……」

奈津美が白い下腹をヒクヒク波打たせながらせがんだ。

「じゃ舐めて濡らしてね」

身を起こした久彦が言い、光代の鼻先に先端を突き付けると、彼女も厭わず亀頭にしゃぶり付き、たっぷりと生温かな唾液をまつわりつかせながら舐め回してくれた。

充分に潤うと彼は引き離し、正常位で奈津美の割れ目に股間を迫らせて、光代は奈津美に添い寝していった。

先端を濡れた割れ目に押し当て、ゆっくり膣口に挿入していくと、

「ああ……！」

奈津美が喘ぎ、添い寝してきた光代をギュッと抱きすくめた。

久彦はヌルヌルッと滑らかに根元まで押し込み、股間を密着させて身を重ねていった。

彼女は真上の久彦にしがみつき、横の光代を抱き寄せながら、徐々にズンズンと股間を突き上げはじめた。

やはりさっきは、光代が待機しているから性急になり、今度はじっくり味わいたいようだ。

久彦ものしかかりながら合わせてリズミカルに腰を突き動かし、熱く濡れた肉襞の摩擦と締め付けに高まっていった。

光代は積極的に奈津美に唇を重ね、女同士で熱烈に舌をからめていた。恐らく以前から光代は、奈津美とこうしたい願望を抱き続けていたのだろう。

女同士のディープキスする眺めも、彼の興奮を高めていった。

彼も上から二人に割り込んで舌をからめ、混じり合った濃厚な息の匂いで動きを速めた。

溢れるミックス唾液もすすり、いつしか股間をぶつけるように激しく動くと、

「い、いっちゃう……、アアーッ……！」

たちまち奈津美がガクガクと腰を跳ね上げて声を上ずらせ、狂おしいオルガスムスの渦に巻き込まれてしまった。

彼も、収縮する膣内の摩擦に酔いしれ、二人分の唾液と吐息を吸収しながら、本日三度目の絶頂を迎えた。

「く……！」

大きな快感に短く呻き、ありったけのザーメンをドクンドクンと勢いよく注入すると、

「あう、もっと……！」

熱い噴出を奥深い部分に感じた奈津美が、駄目押しの快感に呻いてきつく締め付けてきた。

立て続けの三度目でも、久彦の快感とザーメンの量は全く変わることなく、とことん味わうことが出来た。

「すごいわ……」

光代が痙攣する奈津美の様子に息を呑んで言い、なおも彼女の乳房を探ったり乳首に吸い付いたりしていた。

やがて彼は最後の一滴まで出し尽くし、満足しながらもたれかかっていった。

そして息づく膣内でヒクヒクと幹を震わせ、二人分の吐息を嗅いで鼻腔を刺激されながら、うっとりと快感の余韻を味わったのだった……。

5

「おいチビ、金貸してくれないか」

奈津美のハイツから出て駅に向かう途中、いきなり久彦は数人の男たちに声をかけられた。

もう今日の射精は充分なので、どこかで旨いものでも食い、夕食を済ませて帰ろうかと思って歩いていたところである。

アルコールも飲めないわけではないが、そう年中飲み歩く習慣もないし、今までは金もなかった。

だから良い思いをした今夜ぐらい、少し贅沢でもしようと思って良い気分だったのである。

(大丈夫、好きに動けば悪いようにはならないわ)

心の中に亜美の声が聞こえてきて、また矢を射たときのように肉体に乗り移ってくれたようだ。

それでなくとも、あやかしの力を得ている久彦は恐いとは思わず、実に心身は落ち着いていた。

相手は三人、みな二十歳前後の不良で、何とも派手な格好と頭の悪そうな顔つきをしている連中だ。

そこは駅に向かう裏道で人通りはない。

「貸してくれったって、返すつもりはないんだろう。金は何億も持ってるけど」

「なに、てめえその言い方は何だ！」

大柄な茶髪が詰め寄って言った。

「無礼な言い方はそっちからだろう。せっかく良い気分だったのに」

「てめえやるってのか」

「ああ、頭が悪い。可哀想に、バカな親から産まれたんだな」

「なにい……」

「親を殺してお前も死ねば良かったのに、あのとき」

「何だ、あのときって」

「思い当たることが百も二百もあるだろう。叱られて反撃しようとしたことは」

「ああ、うるせえ！」

男が会話に疲れたように言うなり、拳骨を飛ばしてきた。

咄嗟に避けた久彦は、亜美に操られるまま奴の後ろに回り込み、手刀でトンと後頭部を叩いた。

「うわ……！」

すると男が呻き、見事に片方の目玉が飛び出て垂れ下がった。

これも亜美が、タイミング良く目玉が飛び出るように秘孔を突いたのだろう。

「うひゃーっ……！」

一人がそれを見るなり、悲鳴を上げて腰を抜かし、失禁の水溜まりが広がっていった。それでも、もう一人が果敢に組み付いてきたので、それも身を躱《かわ》して回り込み、同じようにトンと後頭部を叩いてやった。

「うぐ……」

奴も片目が飛び出し、へたり込んでいる男は恐怖に震え上がり、秘孔を突かなくても飛び出そうなほど両目を見開いていた。

「行ってもいいかな？」

「う、うん……」

言うと、座り込んでいる男は小さく何度も頷いた。

「お前も落ち目になるか？」

「け、け、結構です……」

男は鶏のように裏声で言い、大きい方も漏らす音をさせた。

久彦は苦笑して、二人が顔を押さえて転がっているその場を離れ、駅前の繁華街に向かうと、そこへ亜美が姿を現して並んで歩いた。

「いつもありがとう。喧嘩に勝ったなんて初めて、と言うより喧嘩するのも初めてだったんだ。常に屈辱に耐えて我慢ばっかりだったから」

「そう、もっと色々出来るのよ。両目を出したり、背骨をバラバラにしたり、肛門から腸を出したり」

「いいよ、あの程度でも充分すぎるぐらいだから。医者へ行けば元に戻るかな」

「さあ、分からないわ。構わないでしょう。どうせバカたちだから」

「そうだな、バカたちだから。それより食事をしよう」

久彦は言い、亜美と一緒に近くのレストランに入った。

席に着き、まずビールを頼んだが、亜美はどう見ても未成年の美少女だから
ジュースにした。

そしてフルコースを頼むと、グラスワインに切り替えて料理を堪能したのだっ
た。亜美も美味しそうに皿を空にし、二人で食後のコーヒーを飲んだ。

「身体の具合はどうかな？」

「ええ、まだ何ともないわ。おなかにいるのが分かるだけ」

訊くと、亜美が答えた。実際まだ、産婦人科に行っても何の兆しも分からない
段階なのだろう。

「とにかく、くれぐれも気をつけてね」

「ええ、もちろん」

何しろ、もう子種はないのだから次は孕めないのである。

「そのうち、湘南へ行って親にも会って欲しい」

「ええ、ぜひ」

言うと、亜美が嬉しげに答えた。

妖怪といっても人との混血が長いから、ちゃんと今は戸籍もあるし、身体の構造も飲食も全く人と変わりないのだ。人と違って備わっているのは、さっきのような妖力だけである。

やがてカードで支払いをしてレストランを出ると、二人は少し買い物をした。

「贅沢な買い物をしよう」

久彦は言い、入浴剤を買った。

夏なのでシャワーばかりだが、たまには湯に浸かって身体を休めたい。そう、贅沢とはその程度であり、今までアパートでは入浴剤すら使ったことがなかったのである。

そして冷凍の食材も少々買い足し、二人でマンションに戻った。

亜美もまだ家に帰らず、甲斐甲斐しく片付けものをしてくれた。

美少女だが、その若妻のような仕草に、彼はムクムクと勃起してしまった。

やはり濃厚な3Pで三回も射精したのに、相手が変われば淫気もリセットされるのだろう。

それに何と言っても、亜美は風俗を除けば彼にとって最初の女性だから思い入れも違った。

「じゃ、ベッドに行こうね」

「もう今日は充分じゃなかったの？」

「やっぱりしたい」

言うと亜美は、もちろん拒まず一緒に寝室に来て手早く服を脱ぎ去ってくれたのだった。

久彦も全裸になって亜美とベッドに横たわり、仰向けになって勃起したペニスを突き出すと、すぐにも彼女がしゃぶり付いてくれた。

彼が亜美の下半身を引き寄せると、彼女も含んだまま身を反転させて顔に跨がり、女上位のシックスナインの体勢になった。

下から割れ目に顔を埋め、潜り込むようにして鼻で恥毛を探ると、今日も生ぬるく濃厚な汗とオシッコの匂いが馥郁《ふくいく》と蒸れて籠もっていた。

充分に嗅いでから舌を這わせ、大きなクリトリスにチュッと吸い付くと、

「ンンッ……」

亀頭を含んでいた亜美が小さく呻き、反射的にチュッと強く吸い付きながら、熱い鼻息で陰嚢をくすぐった。

さらに舌が蠢くと、たちまち肉棒は美少女の生温かな唾液にまみれて震えた。

久彦は割れ目の味と匂いを堪能してから、さらに伸び上がって尻の谷間にも鼻を埋め込み、ピンクの蕾に籠もって蒸れた微香を貪り、舌を這わせてヌルッと潜り込ませた。

「あん……」

亜美がチュパッと亀頭から口を離して喘ぎ、前も後ろも舐められて充分に高まったように身を起こしてきた。

彼が舌を離すと、向き直った亜美が跨がり、上からゆっくりとペニスを膣口にヌルヌルッと滑らかに受け入れていった。

「アア、いい気持ち……」

亜美が顔を仰け反らせて喘ぎ、ピッタリと密着した股間をグリグリと擦り付けてきた。

久彦も温もりと感触に包まれて高まりながら、両手で彼女を抱き寄せた。

そして顔を上げ、潜り込むようにして両の乳首を交互に含んで舐め回し、さらに腋の下にも鼻を埋め込み、何とも甘ったるい汗の匂いを貪った。

すると亜美が徐々に腰を動かしはじめ、溢れる愛液でたちまち律動が滑らかになっていった。

久彦も下からしがみつきながら両膝を立て、ズンズンと合わせて股間を突き上げ、亜美にピッタリと唇を重ねていった。

舌をからめると、彼女もチロチロとからみつけ、彼が好むのを知っているので、たっぷりと生温かく小泡の多い唾液をトロトロと注ぎ込んでくれた。

彼はうっとりと味わい、飲み込んで喉を潤し、高まりながら突き上げを強めていった。

「ああッ……、い、いきそう……」

亜美が口を離して熱く喘いだ。

その口に鼻を押し込んで嗅ぐと、彼女本来の甘酸っぱい果実臭に混じり、夕食の名残のガーリック臭も悩ましく鼻腔を刺激してきた。

「あん、匂うかも……」

「すごく濃厚で感じる匂い」

亜美が気にして言うが、久彦はギャップ萌えに高まりながら、美少女の刺激的な吐息で鼻腔を満たして絶頂を迫らせていった。

「舐めて……」

言うと彼女も、いつになく恥じらいを含んで鼻の穴を舐めてくれた。

「い、いく……、アアッ……！」

たちまち久彦は口走るなり、大きな絶頂の快感に全身を激しく貫かれた。

同時に、ありったけの熱いザーメンがドクンドクンと勢いよくほとばしり、柔肉の奥深い部分を直撃すると、

「か、感じる……、ああーッ……！」

亜美も噴出を感じた途端に声を上げ、ガクガクと狂おしいオルガスムスの痙攣を繰り返しはじめたのだった。

膣内の収縮も最高潮になり、彼が快感を嚙み締めながら動き続けると、クチュクチュと湿った音が響いた。

最後の一滴まで出し切り、すっかり満足しながら突き上げを弱めていくと、

「ああ……」

亜美も満足げに声を洩らし、強ばりを解いてグッタリともたれかかってきた。

完全に動きを止め、美少女の重みと温もりを受け止めながら、彼は息づく膣内でヒクヒクと過敏に幹を震わせた。

そして亜美の吐き出す濃厚な息を胸いっぱいに嗅ぎながら、うっとりと快感の余韻を味わったのだった。

やはり日に何度射精しても、毎回最高の気分が味わえるものだ。

「ああ、気持ち良かったわ……」

亜美も体重を預けながら囁き、いつまでもキュッキュッと膣内を締め上げた。

久彦は、幸運をもたらしてくれる美少女の温もりを感じながら、限りない幸福感を嚙み締めたのだった。

第五章　デートは肉矢で貫いて

1

　翌日、午後一時に久彦が駅前へ行くと、恵利香が待っていた。

　束ねていた髪を下ろしてセミロングにし、弓道着でなく清楚な服装も実に似合っていた。

「やあ、お待たせ」

　恵利香は、やや緊張気味に頬を強ばらせ、恐る恐る彼を見て言った。

「デートって、お茶飲むだけじゃないですよね……」

「うん、もちろん。出来れば密室へ行きたいんだ」

言われて、久彦も正直に答えた。

「それなら、私の家に来て下さい」

彼女が、覚悟を決めているように言い、案内するように歩きはじめた。

久彦も、自分のマンションが近いから誘おうと思っていたのだが、やはり女子大生の部屋にも興味があるので素直に従うことにした。

もちろん彼は、昼食後のシャワーと歯磨きを済ませ、準備万端で来ていた。

しかし恵利香の方は、午前中はずっと大学の道場で後輩たちとトレーニングをし、学食でお昼を終え、そのまま来たようである。

やがて少し歩いただけで、すぐ彼女の住むマンションに着いた。

エレベーターに乗り、五階にある恵利香の部屋に入ると、さすがに親が金持ちだけあり、広い豪華な３ＬＤＫだった。

あとで聞くと親の持ち物らしく、恵利香が結婚してからも住めるように調度品も揃っていた。

リビングにキッチンに、勉強部屋に寝室、あとはトレーニングルームらしい。

やはり室内には、彼女自身は気づかないかも知れないが、二十代前半の女子大生の体臭が生ぬるく立ち籠めていた。

「彼氏はいないの？」

「前はいました。何年か前に合コンで会った歳上の人だから、今年の春に卒業して、就職で遠距離になったら自然消滅です」

訊くと、恵利香が答えた。確かに、室内に男が来ているような様子は見受けられなかった。

「それで、私とエッチしたいんですか……」

恵利香が言う。

矢をつがえ的を見つめているような真剣な眼差しで、笑顔よりも気の強そうな表情が魅惑的だった。

「うん、ものすごくしたい」

久彦は答えながら、部屋まで招いたのだから嫌ではないだろうと思った。

「私も、しても構いません。前はダサくてモテなそうな人だと思っていたけど、今はカッコ良く見えます。全く私は、人を見る目がありませんでした」

恵利香も正直に答え、彼を寝室に招いてくれた。

前は彼氏が来ることもあったのか、ベッドはセミダブル。あとはテレビと化粧台があるだけで、リビングより濃い匂いが感じられた。

そして壁には、久彦が射た継ぎ矢、二本の矢が一直線に繋がったものが飾られていた。

「じゃ待ってて下さい。急いで流してきますから」

「あ、今のままの方がいいんだ」

彼女は久彦を置いて出てゆこうとしたので、彼は慌てて押しとどめた。

「だって、トレーニングのあとシャワーも浴びずに出てきたんです」

「その、自然のままの濃い方が燃えるので」

「そ、そんな……」

予定が狂い、恵利香が困ったように立ちすくんだ。

「すごく汗かいてるんですよ。昨日も夕方にシャワーを浴びたきりだし」

「うん、その方がいいんだ」

「じゃ、せめて歯磨きだけでも。昼食後のケアもまだなので」

「わあ、本当に今のままでお願い」

久彦は激しく勃起しながら言い、先に脱ぎはじめていった。

「し、知りませんよ。あとから歯を磨けとか洗えとか言われても、私、始まったらすごく夢中になるので……」

恵利香が、期待を高めるようなことを言った。

「うん、どうか脱いで」

彼は言い、たちまち全裸になると先にベッドに横たわった。やはり枕には、活発な美女の汗と涎、髪の香りや体臭などが混じって悩ましく籠もり、その匂いが鼻腔から心地よくペニスに伝わってきた。

すると彼女も意を決したように、黙々と脱ぎはじめていった。

小麦色の肌が露わになっていくにつれ、室内の空気が揺らいで匂いが濃くなってきた。

やがて、もうためらいなく恵利香が最後の一枚を脱ぎ去って添い寝してきた。

久彦は彼女を仰向けにさせてのしかかり、まずは形良く息づく乳房に顔を埋め込み、チュッと乳首に吸い付いて舌で転がした。

「アア……！」

すぐにも恵利香がビクッと反応し、熱く喘ぎはじめた。

春に別れたのなら、もう四、五カ月ぶりぐらいの男ではないだろうか。

最初から激しく喘いで悶える様子からして、かなり欲求も溜まっていたのではないかと思われた。

乳房はそれほど豊かではないが張りと弾力に満ち、汗ばんだ胸元や腋からは、生ぬるく甘ったるい匂いが漂ってきた。

左右の乳首を交互に含んで舐め回すと、乳首はコリコリと硬くなり、彼女は少しもじっとしていられないようにクネクネともがき続けた。

両の乳首を味わうと、彼は恵利香の腕を差し上げ、ジットリと生ぬるく湿った腋の下に鼻を埋め込み、濃厚に甘ったるい汗の匂いを貪り、胸をいっぱいに満たした。

「あう、ダメ……」

腋に舌を這わせると、彼女がくすぐったそうに呻いた。

さすがに肩と腕は逞しいが、全ては柔肌に秘められ、それほど筋肉質には見えなかった。

充分に嗅いでから滑らかな肌を舐め降り、舌先で臍を探ると、腹も僅かに腹筋が窺えた。

顔中を押し付けて弾力を味わい、腰から太腿、脚を舐め降りていくと、どこもスベスベの舌触りだった。そして足首まで行き、足裏に舌を這わせて形良い指先に鼻を割り込ませた。

やはりトレーニングしてきただけあり、指の股は生ぬるい汗と脂にジットリ湿り、蒸れた匂いが濃厚に沁み付いていた。

久彦は嗅ぎながら興奮を高め、爪先にしゃぶり付いて順々にヌルッと指の間に舌を挿し入れて味わった。

「アアッ……、どうして、そんなところを……」

恵利香が腰をくねらせて喘いだが、どうやら別れた彼氏は爪先を舐めないダメ男だったようだ。

彼は足首を摑んで抑えつけながら、両足とも全ての指の股を貪り、味と匂いを堪能したのだった。

そして大股開きにさせて脚の内側を舐め上げ、白くムッチリした内腿を通過し熱気の籠もる股間に顔を迫らせていった。

見ると、股間の丘にはふんわりとした恥毛が程よい範囲に茂り、割れ目からはみ出した花びらは、すでにヌラヌラと大量の愛液に潤っていた。

指で広げると、濡れた膣口が妖しく息づき、ポツンとした小さな尿道口もはっきり確認できた。包皮の下からは、小指の先ほどのクリトリスが光沢を放って顔を覗かせている。

艶めかしい眺めに堪らず、彼は吸い寄せられるように顔を埋め込んでいった。

「あう……」

恵利香が呻き、内腿でキュッときつく彼の両頬を挟み付けてきた。

久彦は柔らかな恥毛に鼻を擦りつけ、隅々に生ぬるく籠もった汗とオシッコの匂いを貪ると、

「ああ、そんなに嗅がないで……」

まだ恵利香は匂いを気にしているように言った。

やがて彼は、鼻腔を満たしながら陰唇の内側に舌を挿し入れていった。

襞の入り組む膣口をクチュクチュ掻き回すと、生ぬるく淡い酸味のヌメリが舌の動きを滑らかにさせ、彼は味わいながらゆっくりとクリトリスまで舐め上げていった。

「アアッ……、いい気持ち……」

恵利香がビクッと顔を仰け反らせて喘ぎ、顔を挟む内腿の力を強めてきた。

上の歯で包皮を剝き、クリトリスを完全に露出させてチロチロと舌先で弾くように舐めると、愛液の量が格段に増してきた。

やがて味と匂いを堪能すると、彼は恵利香の両脚を浮かせて尻に迫った。

谷間の蕾も綺麗な薄桃色で、細かな襞がヒクヒクと可憐に収縮していた。鼻を埋め込んで双丘に顔中を密着させながら、蕾に籠もって蒸れた微香を嗅いでから舌を這わせ、ヌルッと潜り込ませた。

「あう……、ダメ、そんなところ……」

恵利香が呻き、キュッと肛門で舌先を締め付けてきた。あるいはこんな重要なポイントも、ダメな元彼は舐めなかったのかも知れない。

久彦は執拗に舌を蠢かせ、滑らかな粘膜を探り続けたが、すると彼女が意外なことを言ってきたのだった。

2

「ね、そこにこれを入れて……」

恵利香が言い、枕元の引き出しから何かを取り出して久彦に渡した。

受け取って見ると、それは電池ボックスに繋がった楕円形のピンクローターであった。

独り身になってから彼女は、こんな器具でオナニーしていたようだ。

久彦も舌を引き離し、唾液に濡れた肛門にローターを押し当て、親指の腹で潜り込ませていった。

可憐な蕾が襞を丸く押し広げて、見る見るローターを呑み込んでゆき、とうとう入って見えなくなった。あとは再びつぼまった肛門から、コードが伸びているだけとなった。

スイッチを入れると、内部からブーン……と低くくぐもった振動音が聞こえ、

「あうう……、お願い、入れて下さい……」

恵利香が激しく身悶えてせがんだ。

久彦も興奮を高めて身を起こし、そのまま正常位で先端を濡れた割れ目に押し当て、ゆっくり膣口へ押し込んでいった。

「アア……、いい気持ち……！」

ヌルヌルッと滑らかに根元まで挿入すると、恵利香が身を弓なりに反らせて喘ぎ、キュッときつく締め付けてきた。

直腸に入っているローターの振動が、間の肉を通してペニスの裏側にも伝わってきた。久彦は股間を密着させて脚を伸ばし、膣内の温もりと感触を味わいながら身を重ねていった。

するとと恵利香も激しく両手でしがみつき、久々の男を味わうようにキュッキュッときつく締め付けてきた。

何しろローターが入っているから、膣内の締まりも倍加しているのだろう。彼女が顔を仰け反らせて喘ぐたび、綺麗な歯並びと同時に、ピンクにヌメった歯茎が色っぽく覗いた。

あるいは恵利香が日頃から控えめに喋ったり、滅多に笑顔を見せないのは、このガミースマイルを気にしてのことではないかと思った。

しかし、それが何とも艶めかしいのである。

久彦は上からピッタリと唇を重ね、舌を挿し入れて滑らかな歯並びと、濡れた歯茎も舐め回した。

「ンン……」

彼女も熱く呻きながら、ヌラヌラと舌をからめてくれた。彼は生温かな唾液と舌のヌメリを味わい、鼻から漏れる熱い息で鼻腔を湿らせた。

もう彼も堪らずにきつく締まる膣内で、ズンズンと小刻みに腰を突き動かしはじめると、

「アアッ……、い、いきそう……！」

恵利香が口を離すと唾液の糸を引いて顔を上向け、自分からも腰を遣いながら股間を跳ね上げた。

口から吐き出される息はシナモン系で、これが恵利香本来の匂いらしいが、それに昼食のオニオン臭も混じって、悩ましく濃厚に鼻腔を刺激してきた。

久彦は興奮を高め、美女の吐息を胸いっぱいに嗅ぎながら、いつしか股間をぶつけるように激しい律動をしていた。

溢れる愛液が動きを滑らかにさせ、ピチャクチャと卑猥な音を立て、摩擦と振動で彼は絶頂を迫らせた。

しかし恵利香は、自分が望んだ刺激だから、そのままあっという間にオルガスムスに達してしまったのである。

「い、いっちゃう……、アアーッ……!」

声を上げてガクガクと激しく腰を跳ね上げ、彼は暴れ馬に乗った気分で全身を上下に揺すられながら懸命に股間を合わせて動かした。

「も、もうダメ……」

恵利香が声を洩らすと、グッタリと力を抜いて四肢を投げ出した。

久彦も果てそびれて動きを止め、しばし収縮と振動に身を委ねた。

「ああ……」

恵利香も、まだ波が治まっていないように、たまにビクッと震えて喘ぎ、締め付けとヌメリにペニスが押し出されてきた。

彼は身を起こしていったん引き抜き、ビショビショになっている股間に屈み込んで両脚を浮かせた。

電池ボックスのスイッチを切り、ちぎれないよう気をつけながらコードを握って引っ張り出すと、みるみる可憐な肛門が丸く開き、ピンクのローターが顔を出してきた。

やがてツルッと抜け落ちると、一瞬粘膜を覗かせた肛門も、すぐにつぼまって元の可憐な形状へと戻っていった。

ローターに汚れの付着はないが、彼はティッシュに包んで置いた。

すると余韻でグッタリしている恵利香が、ノロノロと身を起こし、

「も、もう浴びてもいいですね……」

言うので、彼も支えてやりながら一緒にベッドを降り、バスルームへと移動していった。そして互いにシャワーの湯を浴びて股間を洗い流すと、恵利香はほっとしたように椅子に座り込んだ。

「ここに立って」

久彦は床に座って言い、目の前に恵利香を立たせた。

そして片方の足を浮かせてバスタブのふちに乗せ、開いた股間に顔を埋めた。

「オシッコ出して」

「ええっ？　そんなこと……」

「少しでいいから」

腰を抱えて言うと、恵利香がガクガクと膝を震わせながら息を詰めた。

やはり気持ちは拒んでも、彼の言うことには逆らえないのだろう。

すっかり匂いが薄れてしまった恥毛に鼻を擦りつけ、舌を挿し入れるとすぐにも柔肉が迫り出すように盛り上がり、味と温もりが変化した。

「あう、出ちゃう……」

恵利香が声を絞り出すと同時に、チョロチョロと熱い流れがほとばしり、彼の舌を濡らしてきた。

味わいはやや濃かったが、喉に流し込むと甘美な悦びが胸に広がった。

「アア……」

彼女が喘ぐと、さらに勢いが増して口から溢れて肌を伝い流れた。

まだ満足しておらず、ピンピンに勃起したままのペニスが心地よく濡れ、彼は味わいながらヒクヒクと幹を震わせた。

間もなく流れが治まると、久彦は残り香に包まれながら余りの雫をすすり、割れ目内部を舐め回した。

「も、もうダメです……」

恵利香が言ってビクリと股間を引き離すと、そのまま力尽きて座り込んでしまった。

それを支えて再びシャワーを浴びると、立たせて互いの全身を拭いた。

また全裸のまま二人でベッドに戻ると、彼は仰向けになって股を開いた。

恵利香も心得たように真ん中に腹這い、湿った髪でサラリと内腿を撫でながら顔を寄せてきた。

「ここ舐めて」

久彦が言い、自ら両脚を浮かせて抱え、尻を突き出すと彼女もチロチロと肛門を舐め回してくれた。そして自分がされたようにヌルッと潜り込ませてくると、

「あう、気持ちいい……」

彼は呻き、キュッキュッと肛門で美女の舌先を締め付けた。

中で舌が滑らかに蠢くと、勃起したペニスがヒクヒクと上下した。

脚を下ろすと、恵利香も自然に陰嚢を舐め回し、そっと睾丸に吸い付きながら熱い息を股間に籠もらせた。

袋全体が生温かな唾液にまみれ、彼がせがむように幹を震わせると、恵利香も身を乗り出し、肉棒の裏側を舐め上げてきた。

滑らかに先端まで舐めると、舌先でチロチロと粘液の滲む尿道口をしゃぶり、丸く開いた口でスッポリと喉の奥まで呑み込んでくれた。

熱い鼻息が恥毛をそよがせ、ひんやりした髪が股間を覆った。

彼女は吸い付きながらクチュクチュと舌を這わせ、特に先端の裏側の感じる部分を念入りに舐めてくれた。

ダメな元彼氏は、フェラだけは念入りに恵利香に仕込んだらしく、自分の快楽だけを優先したのが見て取れ、久彦は奴の今後の不幸を心から願いつつ快感に身を委ねた。

「ンン……」

小刻みに股間を突き上げると、恵利香も呻きながら顔を上下させ、スポスポと強烈な摩擦を繰り返してくれた。

「ああ、気持ちいい、いきそう。上から跨いで入れて……」

久彦が言うと、彼女もスポンと口を引き離して身を起こし、前進して跨がってきた。

さっきペニスとローターの二段構えで果てたばかりだが、まだまだ久々の男に対し、貪欲に快楽を求めているようだ。

唾液に濡れた先端に割れ目を当て、息を詰めてゆっくり腰を沈めると、彼自身は滑らかな肉襞の摩擦を受け、ヌルヌルッと根元まで嵌まり込んでいった。

3

「アアッ……、いい……!」

恵利香が顔を仰け反らせて熱く喘ぎ、味わうようにキュッキュッと締め上げてきた。やはり体位が変わると快感も新たになるようだ。

久彦も温もりを味わい、良く締まって蠢く柔肉の感触を味わった。

あまりに締まりが良いので、ややもすれば抜けそうに押し出されるが、それを彼女が体重をかけてグッと呑み込んでいった。

どうやら尻にローターが入っていなくても、恵利香はもともと締まりの良い名器のようだった。

やがて両手を伸ばして抱き寄せ、両膝を立てて尻を支えると、彼女もゆっくり身を重ねてくれた。

「アア、またいきそうです……」

恵利香が自分から腰を遣いながら、熱く喘いだ。

「ね、唾を垂らして」

下から恵利香の顔を引き寄せてせがむと、

「何でも飲むのが好きなんですね……」

彼女は言いながらも、懸命に口中に唾液を分泌させ、形良い唇をすぼめると、白っぽく小泡の多い唾液をトロトロと吐き出してくれた。

それを舌に受けて味わい、うっとりと喉を潤した。

「顔中もヌルヌルにして」

さらに言うと、恵利香もたっぷりと唾液に濡れた舌を伸ばし、彼の鼻の穴から鼻筋、頬まで舐め回してくれ、たちまち顔中は美女の生温かな唾液にヌラヌラとまみれた。

「ああ、息がいい匂い……」

「そんな、絶対に嘘です」

うっとりと言うと、恵利香が恥じらいを含んで答えた。

久彦は彼女の口に鼻を押し込み、熱く湿り気あるシナモン臭とオニオン臭、それに淡いプラーク臭を貪りながら、本当に悦んでいる証しのように膣内の幹をヒクヒクさせた。

そしてズンズンと股間を突き上げると、新たな愛液が大量に溢れて動きが滑らかになった。

「アア、またいきそう……」

恵利香が喘ぎながら収縮を強め、腰の動きを激しくさせていった。

久彦も勢いを付けて股間を突き上げ、肉襞の摩擦と美女の息の匂いに絶頂を迫らせた。

「い、いく……、アアッ……！」

たちまち彼は昇り詰め、大きな快感を味わいながら、ありったけの熱いザーメンを勢いよくドクンドクンと注入した。

「あ、いっちゃう……！」

すると噴出を感じた恵利香も、たちまち二度目のオルガスムスに達し、大量の愛液を漏らしながらガクガクと狂おしい痙攣を開始した。

久彦は心ゆくまで快感を嚙み締め、最後の一滴まで出し尽くすと、すっかり満足しながら徐々に突き上げを弱めていった。

「ああ、もうダメ……」

恵利香も声を洩らし、肌の硬直を解くと力尽きたようにグッタリと体重を預けてきた。

まだ膣内が貪欲にキュッキュッとペニスを締め上げ、まるで全て搾り取ろうとするかのようだった。

締め付けに刺激されると、射精直後で過敏になったペニスが内部でヒクヒクと跳ね上がった。

「も、もう動かないで……」

恵利香が言い、それ以上の刺激を拒むようにキュッときつく締め付けた。

久彦は美女の重みと温もりを受け止め、熱くかぐわしい吐息に鼻腔を刺激されながら、うっとりと余韻を嚙み締めたのだった。

彼女ももたれかかり、荒い息遣いを繰り返しながらそろそろと股間を離した。

そしてゴロリと横になると、ティッシュで処理する気力も湧かないように横から肌を密着させてきた。

「ああ、こんなに良いなんて……、もっと早くお願いすれば良かった……」

恵利香が徐々に呼吸を整えながら、呟くように言った。

やはり武道系の彼女は、弓の腕が格段に上というだけで久彦に尊敬の念を抱いているのだろう。

「でも、もう弓道場には来ないで下さいね……」

彼女が言う。

「どうして？」

「本当なら、後輩たちに指導して欲しいとも思ったのだけど、あまりに神業過ぎると、みんな圧倒されてやる気が出なくなります。私も、この継ぎ矢は見なかったことにして、どこかの名人のものとしてお守りにします……」

恵利香が、壁の継ぎ矢を見上げながら言った。

「でも、ここへはまた来て下さいね……」

「うん、もちろん」

久彦が答えると、彼女は甘えるようにしがみついてきたのだった……。

4

「すごい綺麗なお部屋……」

「ああ、引っ越してきたばかりだからね」

久彦は、訪ねてきた光代に言った。

昼前に彼女からラインが入り、女の子らしく、クッキーを焼いたので届けに行きたいと言ってきたのである。

彼もマンションを教えてやると、昼過ぎには一人で来たのだった。

どうやら、今日は大好きな奈津美と一緒ではなく、自分にとって初めての男と二人きりで会いたかったようだ。

もちろん久彦も激しく欲情した。

３Ｐも夢のように心地よく楽しかったが、あれは滅多にない祭のようなスポーツ感覚であり、やはり秘め事というものは男女が一対一の密室で淫靡に行うのが最高なのである。

そして光代も、そんな淫靡さを求めて来たのではないだろうか。

最初は男に抵抗があった光代も、すっかり快感に目覚め、勇気を出して二人きりになりたかったようだ。

「じゃこっちへ」

久彦は彼女を寝室に招き入れた。

光代も少し緊張気味のようだが、それ以上に二人きりの興奮と期待も大きいように目を輝かせていた。

「じゃ全部脱いじゃおうね」

彼は子供にでも語りかけるように言うと、処女を失ったばかりで二十歳になる光代も素直に脱ぎはじめてくれた。

もう夏休みに入ったので、彼女も午前中は買い物に出てクッキーを焼き、昼食を済ませて出てきたらしい。

もちろん久彦も、昼食後のシャワーと歯磨きは済ませていた。

彼も手早く全裸になり、激しく勃起した幹を震わせた。

光代も甘ったるい匂いを揺らめかせながら、最後の一枚を脱ぎ去ったのでベッドに仰向けにさせ、彼はまず足裏に顔を押し付けていった。

「あん、そんなところから……」

彼女がビクリと反応して言い、久彦は足裏に舌を這わせ、縮こまった指の間に鼻を押し付けて嗅いだ。

今日も光代は、ここへ来るときから緊張に汗ばみ、指の股はジットリ汗ばんでムレムレの匂いが濃く沁み付いていた。

久彦は控えめな女子大生の足の匂いを貪ってから爪先にしゃぶり付き、順々に指の股に舌を割り込ませて味わった。

「あう……、ダメ……」

光代がか細く言い、クネクネと腰をよじった。

彼は両足とも貪り尽くすと、いったん顔を上げて光代をうつ伏せにさせた。

そして踵からアキレス腱、脹ら脛と汗ばんだヒカガミをたどり、ムッチリした内腿から尻の丸み、腰から滑らかな背中を舐め上げていった。

「アアッ……！」

背中はかなりくすぐったいようで、彼女はビクリと肩をすくめて硬直し、顔を伏せて喘いだ。

背中のブラの痕は汗の味がして艶めかしく、肩まで行って髪に鼻を埋めて甘い匂いを嗅ぎ、耳の裏側の湿り気も嗅いで舐め回した。

再び尻に戻り、うつ伏せのまま股を開かせると彼は顔を寄せていった。指で谷間をムッチリ広げると、薄桃色の蕾がひっそり閉じられていた。

双丘に顔を密着させて蕾に鼻を埋め込むと、やはり蒸れた匂いが籠もり、悩ましく鼻腔を刺激してきた。

舌を這わせて細かに息づく襞を濡らし、ヌルッと潜り込ませて滑らかな粘膜を探ると、

「く……!」

光代が呻き、キュッと肛門で舌先を締め付けてきた。

久彦は淡く甘苦い粘膜を味わい、顔中で弾力を味わってから、ようやく顔を上げた。

また彼女を仰向けにさせ、片方の脚をくぐって股間に顔を寄せ、白く滑らかな内腿を舐め上げて割れ目に迫った。

丘には楚々とした恥毛が煙り、割れ目からはみ出した花びらはネットリとした清らかな蜜にまみれていた。

そっと指を当てて陰唇を広げると、処女を失ったばかりの膣口が息づき、光沢あるクリトリスも包皮を押し上げるようにツンと突き立っていた。

「すごく濡れてるよ」

「ああ、恥ずかしい……」

「オマ××舐めてって言って」

「そ、そんなこと……」

股間から言うと、光代は羞恥に熱気を揺らめかせて声を震わせた。

「ほら、舐めて欲しいでしょう？」

久彦は指に愛液を付け、そっとクリトリスを撫で回した。

「アア……、オ、オマ××舐めて……」

とうとうか細い声で口走ると、彼女は自分の言葉にさらに反応し、新たな蜜をトロリと漏らしてきた。

もう焦らさず、彼も顔を埋め込んで柔らかな恥毛に籠もる匂いを貪った。

生ぬるく蒸れた、汗とオシッコの混じった匂いが、悩ましく鼻腔を掻き回してきた。

久彦は胸を満たしながら舌を這わせ、淡い酸味のヌメリを掻き回し、息づく膣口からクリトリスまでゆっくり舐め上げていった。

「アアッ……、い、いい気持ち……」

光代がビクッと顔を仰け反らせて喘ぎ、内腿でムッチリときつく彼の両頬を挟み付けてきた。

久彦は鼻を擦りつけて匂いを貪り、執拗にクリトリスを舐め回しては溢れる愛液をすすった。さらに指に愛液を付け、そろそろと膣口に潜り込ませて小刻みに内壁を擦ると、

「い、いっちゃいそう……、アアッ……！」

光代が嫌々をして声を洩らし、白い下腹をヒクヒクと波打たせた。

収縮が強まって指が締め付けられ、すでにオルガスムスの小さな波が押し寄せているのか、ガクガクと腰が跳ね上がった。

いったん指を引き抜き、彼は口を離して身を起こした。

股間を進め、まずは正常位で先端を擦り付け、位置を定めてヌルヌルッと挿入していくと、

「あう……」

光代が呻き、キュッと締め付けてきた。

久彦は滑らかに根元まで押し込み、股間を密着させると脚を伸ばして身を重ねていった。

潤いが充分なので挿入もスムーズだったし、光代もそれほど痛そうではなく、むしろ一つになれた嬉しさなのか、激しく両手でしがみついてきた。

彼は感触と締め付けを味わい、股間を押しつけたまま屈み込み、左右の乳首に吸い付いて舌で転がした。

肌は透けるように白く、胸元にも淡いソバカスがあり、何ともたおやかな文化系の女子であった。

コリコリと硬くなった両の乳首を充分に舐め回し、顔中で膨らみの張りを味わうと、彼は光代の腋の下にも鼻を埋め込んだ。

生ぬるくジットリ湿った腋にも、甘ったるい汗の匂いが濃厚に沁み付いて、悩ましく鼻腔を刺激してきた。

久彦は貪るように嗅いでから、彼女の首筋を舐め上げ、上からピッタリと唇を重ねていった。

「ンン……」

光代が小さく呻き、差し入れた彼の舌をネットリと舐め回してきた。

生温かな唾液に濡れ、滑らかに蠢く舌を探ると、彼女も興奮を高めたように膣内の収縮が強まってきた。

久彦が徐々に腰を動かしはじめると、溢れる愛液にすぐにも律動が滑らかになり、ピチャクチャと湿った音が聞こえはじめた。

「ああッ……！」

光代が口を離して仰け反り、熱く喘いだ。

「痛くない？　大丈夫？」

「ええ……、いい気持ち……」

囁くと、彼女は喘ぎながら答え、しがみつく両手に力を込めてきた。

彼は動きながら、光代の喘ぐ口に鼻を押し込み、熱く湿り気ある息を胸いっぱいに嗅いだ。

今日も可愛らしい果実臭が濃厚に含まれ、切なくなるほど甘酸っぱく胸が満たされた。

「すごくいい匂い」

「あ……！」

嗅ぎながら思わず言うと、光代は羞恥に声を洩らし、さらに熱く濃い吐息を吐きかけてきたのだった。

興奮に腰の動きに勢いがつき、彼女も収縮も高まった。

「い、いっちゃう……、アアーッ……！」

たちまち光代が声を上ずらせ、ガクガクと狂おしいオルガスムスの痙攣を開始して腰を跳ね上げてきた。

しかし久彦は堪え、まだフィニッシュを目指すのは控えた。

何しろ、まだおしゃぶりもしてもらっていないのだ。

もちろん立て続けの二回ぐらい難なく出来るが、ここは我慢した方が次にもっと快感が増すことだろう。

そうしている間にも光代が痙攣を治めてグッタリと四肢を投げ出し、あとは荒い呼吸を繰り返すばかりとなった。

どうやら初回以上に、大きな快感が得られたようだ。

久彦も動きを止め、まだヒクヒクと震えている膣口からゆっくりとペニスを引き抜いていった。見ると、もちろん出血もなく、はみ出した陰唇が満足げに息づいていた。

「良かったんだね？」

「ええ……、雲の上にいるみたい……」

訊くと、光代もうっとりと答え、息遣いを整えていった。

やがて彼女を支えながら二人でベッドを降り、彼は光代をバスルームへ連れて行った。

互いにシャワーを浴びると、もちろん久彦は床に座り、目の前に光代を立たせて片方の足をバスタブのふちに乗せさせた。

「じゃオシッコ出してね」

「どうしても、するんですか……」

言うと、光代はモジモジと腰をくねらせて答えた。

先日は奈津美と競い合うように漏らすことが出来たが、一対一だとなかなか尿意が高まらないようだった。

それでも割れ目を舐めるうち、柔肉の奥が蠢きはじめた。

「あう……、出そう……」

か細く言うなり、間もなくポタポタと熱い雫が滴ったかと思ったら、すぐにも捻れたような流れがチョロチョロとほとばしってきた。

久彦は口に受け、淡い匂いと味を堪能して喉を潤した。実に控えめで清らかな味で、彼は全て飲み干したい衝動に駆られた。

「アア……」

光代は羞恥に喘ぎ、ゆるゆると放尿しながら壁に手を突いて身体を支え、もう片方の手は彼の頭に乗せていた。

勢いがつくと口から溢れた分が温かく胸から腹に伝い、快感を待ちわびて勃起しているペニスが心地よく浸された。

それでもピークを過ぎると急激に勢いが衰えてゆき、やがて流れが治まってしまった。

久彦は残り香の中で雫をすすり、温かく濡れた割れ目内部を舐め回した。

「も、もうダメです……」

光代が言って足を下ろしたので、彼も再びシャワーの湯を浴びた。

そして互いの身体を拭き、全裸のままベッドへ戻っていったのだった。

5

「じゃ、お口で可愛がってね」

久彦が、ベッドに仰向けになって大股開きになると、光代も素直に腹這い、淡いソバカスのある整った顔を股間に迫らせてきた。

「ちょっとでいいからここも舐めて」

言いながら両脚を浮かせて抱え、尻を突き出すと、光代も厭わず肛門にチロチロと舌を這わせてきてくれた。

熱い鼻息が陰嚢をくすぐり、滑らかな舌が肛門を舐め、ヌルッと浅く潜り込んできた。

「あう、気持ちいい……」

久彦は妖しい快感に呻き、モグモグと味わうように美女の舌先を肛門で締め付けながら、ヒクヒクと勃起した幹を上下させた。

脚を下ろすと、光代も自然に舌を引き離し、そのまま陰嚢にしゃぶり付いてくれた。

「ああ……」

ここもゾクゾクする快感である。光代も二つの睾丸を舌で転がし、袋全体を生温かな唾液にたっぷりとまみれさせた。

せがむように幹を震わせると、心得たように光代も身を乗り出し、肉棒の裏側をゆっくりと舐め上げ、先端まで来ると粘液の滲んだ尿道口をチロチロと探ってくれた。

そして張り詰めた亀頭をしゃぶると、丸く開いた口でモグモグと締め付けながら喉の奥まで呑み込んでいった。

生温かく濡れた口腔に深々と含まれ、彼が幹を震わせると、彼女もクチュクチュと舌をからめながら吸い付き、熱い息を股間に籠もらせた。

「強く吸いながら引き抜いて……」

いちいち注文を出すと、光代も上気した頬をすぼめて吸いながら、チュパッと軽やかに引き抜いては、また繰り返してくれた。

「ああ、いいよ、すごく……」

久彦も快感に喘ぎながらズンズンと股間を突き上げると、

「ンン……」

光代も喉の奥を突かれて小さく声を洩らしながら、顔を上下させてスポスポと強烈な摩擦を開始してくれた。

唾液にまみれたペニスが快感に脈打ち、彼はまるで全身が縮小して、美女のかぐわしい口に含まれているような錯覚に陥った。

「い、いきそう……、また入れてもいい？」

すっかり高まって言うと、光代もスポンと口を離して顔を上げた。

「じゃ跨いで入れてね」

言うと彼女も素直に身を起こして前進し、彼の股間に跨がってきた。

小指を立ててそっと幹を支え、唾液にまみれた先端に濡れた割れ目を押し当て自分で位置を定めると、息を詰めてゆっくり腰を沈み込ませていった。

張り詰めた亀頭が潜り込むと、あとは重みとヌメリでヌルヌルッと滑らかに根元まで呑み込まれた。

「アア……！」

完全に座り込むと、光代はピッタリと股間を密着させ、顔を仰け反らせて熱く喘いだ。

久彦も肉襞の摩擦ときつい締め付けに包まれ、うっとりと快感を味わった。

両手を伸ばして抱き寄せると、光代もゆっくり身を重ね、彼の胸に柔らかな乳房を密着させてきた。

彼も両手を回して膝を立て、まだ動かずに温もりと感触を噛み締めた。

「ね、唾垂らして」

下から言うと、光代も懸命に唾液を溜めて口を寄せ、白っぽく小泡の多い唾液をトロトロと吐き出してくれた。

舌に受けて味わい、生温かな粘液でうっとり喉を潤すと、膣内にあるペニスが歓喜にヒクヒクと脈打った。

「思い切り顔にペッって吐きかけて」

「そんな、どうして……」

さらにせがむと、光代が困った表情で言った。

「光代ちゃんが、他の男に絶対しないことを僕だけにしてほしいから」

彼は答えたが、誰に対してだろうと、普通に生きている限り光代はそんなこと一生しないだろう。

「どうしても、するんですか……」

「うん、してくれると嬉しい」

言うと彼女も意を決し、唇に唾液を溜めて顔を寄せてきた。奈津美が一緒なら先に彼女が手本を示したからどんなことでも従ったようだが、今は相当な決意が要るようだ。

息を吸い込んで止め、ペッと吐きかけてもらうと、かぐわしい息の匂いとともに唾液の飛沫が生温かく顔にかかった。

「もっと強く、いっぱい出して」

久彦がうっとりしながら言うと、光代も快感に任せて強く、思い切りペッと吐きかけてきた。甘酸っぱい吐息とともに、唾液の固まりがピチャッと鼻筋を濡らし、頬の丸みをヌラリと伝い流れた。

「ああ、まさかこんな綺麗な子が本当にするなんて」

「あん、意地悪ね……」

酔いしれて言うと、光代が羞恥に声を上げ、キュッときつく膣内を締め上げてきた。

「顔中ヌルヌルにして」

さらにせがむと光代も唾液に濡れた舌で彼の鼻の穴を舐め回してくれ、久彦も甘酸っぱい果実臭の吐息に酔いしれながら、ズンズンと股間を突き上げはじめていった。

「アア……、いい気持ち……」

光代も腰を遣いながら喘ぎ、彼の顔中を清らかな唾液でヌルヌルにまみれさせてくれた。

もうすっかり挿入摩擦の抵抗はなく、いつでも絶頂を迎えられるほど収縮を強めているようだ。

やはり挿入に目覚めてしまうと、憧れだった奈津美にも少し触れただけで気が済み、今は奈津美と懇ろだった久彦を奪うことに熱い欲望と執着を覚えはじめているのかも知れない。

真面目で大人しい子でも、女とは皆そうした部分を持っているのだろう。

久彦も快感に動きを速め、滑らかな肉襞の摩擦と締め付けにジワジワと絶頂を迫らせていった。

「い、いきそう……」

彼は高まりながら言い、光代の口を大きく開かせて鼻を押し込み、下の歯並びを鼻の下に引っかけてもらった。

口の中に熱く籠もり甘酸っぱい匂いに混じり、唇で乾いた唾液の香りと、歯の裏側の淡いプラーク臭も入り交じり、嗅ぐたびに何とも悩ましく鼻腔が掻き回された。

その間も摩擦と収縮が続き、

「ああ、いく……！」

たちまち彼は口走るなり、大きな絶頂の快感に全身を包み込まれてしまった。

同時に、ドクンドクンとありったけの熱いザーメンが中にほとばしると、

「あう、熱いわ、またいく……、アアーッ……！」

噴出を感じた光代も声を上ずらせて喘ぎ、ガクガクと狂おしいオルガスムスの痙攣を開始したのだった。

この分なら、もう何度しても彼女は挿入で絶頂が得られることだろう。

彼は収縮と摩擦の中で心ゆくまで快感を味わい、最後の一滴まで出し尽くしていった。

満足しながら突き上げを弱めていくと、

「アア……、すごいわ……」

光代も、何度も押し寄せてくる快感の波を受け止め、ヒクヒクと肌を震わせながら喘ぎ、やがてグッタリと力を抜いてもたれかかってきた。

久彦は重みを受け止め、まだキュッキュッと締まり続ける膣内の刺激に、中で幹をヒクヒクと過敏に跳ね上げた。

「あう、まだ動いてるわ……」

光代が息も絶えだえになって呻き、応えるようにモグモグと敏感に締め付けてくれた。

彼は甘酸っぱい吐息を嗅ぎながら、うっとりと余韻に浸り込んだ。

完全に動きを止めて身を投げ出すと、彼女がそろそろと股間を引き離した。

そして愛液とザーメンにまみれたペニスに屈み込み、濡れた尿道口にチロチロと舌を這わせ、パクッと亀頭にしゃぶり付き念入りに舌で綺麗にしはじめてくれたのだ。

教えなくても、素質のある子は自然にこうしてくれるのだろう。

「あうう、も、もういいよ、ありがとう……」

久彦は腰をよじりながら、降参するように言った。

すっかりしゃぶり尽くすと彼女は身を起こし、ティッシュで割れ目を拭ってから添い寝してきた。

彼も甘えるように腕枕してもらい、胸に顔を埋めて荒い呼吸を繰り返した。

「生臭いけど、最初と違って嫌じゃないわ……」

光代が言い、ヌラリと淫らに舌なめずりした。

彼女の吐息にザーメンの生臭さは残っておらず、さっきと同じかぐわしい果実臭が含まれていた。

「ね、これからも、たまに来ていいですか……」

「ああ、もちろんだよ」

光代が囁き、彼も息遣いを整えて答えた。

久彦は、美女の温もりと匂いに包まれている内、またもやムクムクと回復しそうになってしまった。

（今度は、どんなふうにしてみようか……）

やはり一度きりの射精では気が済まないようで、彼は次の行為に思いを馳せたのだった……。

第六章　生温かなシロップ

1

「あ、そっちの道は行かない方がいいわよ」

久彦が本屋の帰りに駅前を歩いていると、いきなり買い物途中らしい佐和子が来て彼に言った。

「え？　あ、こんにちは」

もう夏休みだから、たまに大学へ行くだけで、彼も自身の投稿小説の執筆に専念していた。助手としての給料は安いが、もう今後とも彼に金の心配はないだろう。

「どうしてです？」

「アクセルとブレーキの踏み間違いの暴走事故が起こるから」

訊くと、佐和子が答え、久彦は彼女の荷物を持ってやった。

「それなら、早めに皆に知らせないと」

「何と言って？」

「あ……、注意して何も起きなければ、変なことを言った人になるだけか……」

久彦は言い、一緒に白澤家へ歩きはじめた。

「ええ、事故に遭うのも暴走して捕まるのも、全てその人の持った運命なの」

「そうですね。でも僕だけ逃れて申し訳ない」

「それは、私たちが選んだ人なのだから特別」

佐和子が言うなり、彼方で何かのぶつかる大きな音と人々の怒号や悲鳴が聞こえてきた。

「うわ、気の毒に……」

「あの事故で死ぬ人はいないわ」

佐和子が言い、家へ向かった。

「予知って、どういうものなの？」

「ううん、上手く言えないわ。国全体の大きなこともあるし、大事な人に関わることだけの場合もあるので。あるいは、一瞬未来へ飛んで見てくるような感覚かしら」

「ふうん、すごい……」

久彦は言い、ムラムラと欲情してきた。

「じゃこれから僕とママが、どんなふうになるのかも分かる？」

「ええ、二人でものすごく気持ち良くなるわ」

訊くと佐和子が答え、とうとう彼は歩きにくいほど勃起してきてしまった。

やがて家に着くと彼女が開けてくれ、久彦は上がり込んで荷物をキッチンに運んだ。

夏休みだが、亜美は友人と遊びに出かけ、帰宅は夕食後になるらしい。亜美は妖怪の末裔でも普通に、ちゃんと女友達のいる学生生活を充分すぎるほど楽しんでいるのである。

佐和子は買ったものを冷蔵庫にしまうと、彼を寝室に招き入れた。

あとは、もう心が通じ合ったように、互いに手早く服を脱ぎ去って全裸になっていった。

添い寝すると彼は、甘えるように腕枕してもらい息づく爆乳を眺めた。

「もう、甘えん坊さんなのね」

いつものように佐和子は牛のように声を出し、優しく胸に抱きながら髪を撫でてくれた。

買い物で歩き回ったせいだろう、色っぽい腋毛が生ぬるく湿り、鼻を埋めて嗅ぐと何とも甘ったるくミルクのような汗の匂いが濃厚に鼻腔を満たしてきた。

それに彼女の吐き出す、白粉臭の甘い吐息も悩ましい刺激を含んで胸に沁み込んできた。

「いい匂い……」

久彦はうっとりと言い、超美熟女の艶めかしい口臭と体臭を嗅ぎながら激しく勃起した。

彼は移動し、乳首にチュッと吸い付き、舌で転がしながら顔中を押し付けて爆乳の感触を味わった。

「アア、いい気持ち……」

佐和子も、うっとりと喘ぎながら受け身になり、白い熟れ肌を息づかせた。

「お乳が出ればいいのに」

「もう！　無理よ、そんなこと。そのうち母乳の出る、出産直後の若妻でも紹介してあげるから」

「本当？」

「まあ、嬉しそうにして悔しい」

佐和子が言って強くギュッと抱きすくめると、彼は顔中が膨らみに埋まり込み心地よい窒息感に噎せ返った。

彼は左右の乳首を含み、充分に舌で転がし、甘ったるい汗の匂いを堪能した。

「ね、上から跨いで」

仰向けになって言うと、佐和子もすぐに身を起こしてくれた。

「あ、先に足を嗅いだり舐めたりしたい」

「もう、世話の焼ける子ね」

佐和子は立ち上がって言い、壁に手を突きながら片方の足を浮かせ、キュッと彼の顔に足裏を乗せてくれた。

久彦は感触を味わいながら舌を這わせ、踵から土踏まずを味わい、形良く揃った指の間に鼻を押し付けて嗅いだ。そこは汗と脂に生ぬるく湿り、蒸れた匂いが悩ましく沁み付いていた。

彼はうっとりと鼻腔を刺激されながら、爪先にしゃぶり付き、順々に指の股に舌を割り込ませて味わった。

「あう……」

佐和子が呻き、思わずギュッと踏みつけてきた。

久彦は全ての指の股を味わい、足を交代してもらうと、そちらも味と匂いを貪り尽くしたのだった。

すると彼女が、久彦の心根を読んだように顔の左右に足を置き、和式トイレスタイルでゆっくりしゃがみ込んできてくれた。

脚がM字になると、もともと豊満な内腿が、さらにムッチリと量感を増して張り詰め、熟れた割れ目が鼻先に迫った。

熱気と湿り気が彼の顔中を包み込み、見るとはみ出した陰唇が愛液に濡れ、今にもトロリと滴りそうなほど雫を脹らませていた。

豊かな腰を抱き寄せ、柔らかな茂みに鼻を埋め込むと、ムレムレになった汗とオシッコの匂いが悩ましく鼻腔を掻き回してきた。

彼はうっとりと胸を満たして嗅ぎながら、舌を挿し入れて淡い酸味のヌメリに潤う柔肉を舐め回した。

かつて亜美が産まれてきた膣口をクチュクチュ探ると、そこは襞を入り組ませて妖しく息づいていた。

ヌメリを掬い取りながら、ツンと突き立った真珠色のクリトリスまで舐め上げると、

「アアッ……、いい気持ち……」

佐和子が熱く喘ぎ、柔肉を蠢かせて新たな蜜汁を漏らしてきた。

久彦は味と匂いを存分に味わってから、白く豊満な尻の真下に潜り込み、谷間の蕾に鼻を押し付けていった。

ピンクの蕾には、蒸れた匂いが秘めやかに籠もり、彼は充分に嗅いでから舌を這わせて襞を濡らし、ヌルッと潜り込ませて滑らかな粘膜を味わった。

「あう……」

佐和子が呻き、キュッと肛門で舌先を締め付けてきた。

久彦は舌を蠢かせてから、再び割れ目に戻って大洪水になっているヌメリをすすり、クリトリスに吸い付いた。

「ああ、いきそうよ……」

「ね、オシッコ出る？　こぼしたりしないから」

彼も興奮を高めながら言った。

「こぼすほど出ないわ。じゃ少しだけ……」

佐和子も答えると、下腹に力を入れて息を詰め、寝室で尿意を高めはじめてくれた。

久彦が割れ目内部に舌を這わせて愛液を味わいながら待つと、間もなく柔肉が迫り出し、熱い流れがか細くチョロッと漏れてきた。

「ンン……」

彼が感激と興奮に呻きながら口に受け、淡い味と匂いを堪能しながら喉に流し込んだ。仰向けなので噎せないよう気をつけたが、佐和子も実に小出しに調整してくれた。

「ああ、自分のベッドでお漏らしするなんて……」

佐和子は息を詰めて言い、チョロッチョロッと彼が受け止めやすいように放尿を続けていたが、間もなく流れを治めた。やはり、あまり溜まっていなかったようだ。

久彦は悩ましい残り香の中で余りの雫をすすり、割れ目内部を舐め回すと、すぐに残尿が洗い流されて淡い酸味のヌメリが満ちていった。

「も、もういいでしょう、入れたいわ……」

佐和子が言って股間を引き離し、そのまま仰向けの彼の上を移動していった。

そして屈み込み、粘液の滲む尿道口を舐め回すと、スッポリと喉の奥まで肉棒を呑み込んだ。

ネットリと舌をからめ、唾液に濡れた口でスポスポと幹を摩擦しはじめると、彼も激しく高まっていったのだった。

2

「い、いきそう。入れたい……」

すっかり絶頂を迫らせた久彦が言うと、佐和子もスポンと口を離して身を起こし、そのまま前進してきた。

彼の股間に跨がり、先端に割れ目を押し当てて位置を定めると、息を詰めて感触を味わうように、ゆっくりと腰を沈み込ませていった。

たちまち屹立したペニスは、ヌルヌルッと滑らかな肉襞の摩擦を受けながら根元まで嵌まり込んでしまった。

「アアッ……、いい……」

ぺたりと座り込んだ佐和子が熱く喘ぎ、弾力ある豊満な尻を彼の股間に密着させてきた。

久彦も温もりと締め付けに包まれながら快感を嚙み締め、両手で彼女を抱き寄せながら両膝を立て、豊満な尻を支えた。

佐和子も爆乳をムニュッと彼の胸に密着させせて弾ませ、身を重ねてきた。

彼がズンズンと股間を突き上げはじめると、

「あう、すぐいきそうよ……」

彼女が呻き、モグモグと締め付けながら自分からも腰を動かしてきた。

溢れる愛液で動きが滑らかになり、すぐにもクチュクチュと湿った摩擦音が聞こえ、互いの股間が生ぬるくビショビショになった。

「ああ、気持ちいい……」

久彦も喘ぎながら、下から唇を求めた。

彼女も上からピッタリと重ね合わせ、ヌルッと長い舌を挿し入れて口の中を隅々まで舐め回してくれ、久彦はうっとりと滑らかな舌を味わい、流れ込む唾液で喉を潤した。

口に出さなくても佐和子は心得て、ことさら多めに唾液を口移しに注ぎ込んでくれた。

久彦は生温かなシロップに酔いしれ、突き上げを強めていった。

「アア……、いく……」

佐和子が唾液の糸を引いて口を離し、収縮を強めながら喘いだ。

彼女の吐息は今日も甘い白粉臭の刺激を含み、うっとりと悩ましく彼の胸に沁み込んできた。

「嚙んで……」

言うと佐和子も彼の頰に綺麗な歯並びを食い込ませ、咀嚼するようにモグモグと嚙んでくれた。

もちろん痕が付くほど強く嚙むわけではないし、例え歯形が印されても、あやかしの力を宿した彼ならすぐ癒えることだろう。

「ああ、気持ちいい、いきそう……」

彼も激しく絶頂を迫らせて言い、肉襞の摩擦と甘美な刺激に高まっていった。

佐和子は左右の頰を甘く嚙み、彼の鼻の穴もチロチロと舐め回し、惜しみなく甘い息を吐きかけてくれた。

「い、いく……！」

とうとう久彦は、絶頂の快感に貫かれて口走った。

同時に熱い大量のザーメンが、ドクンドクンと勢いよく柔肉の奥にほとばしって奥深い部分を直撃すると、

「い、いいわ……、アアーッ……！」

噴出を感じた途端、彼女もオルガスムスのスイッチが入ったように声を上げ、ガクガクと狂おしい痙攣を開始したのだった。

膣内の収縮も最高潮になり、このまま全身が吸い込まれそうな心地で快感を噛み締め、久彦は心置きなく最後の一滴まで出し尽くしていった。

彼女も激しく股間を擦り付け、飲み込むように締め付けを繰り返していたが、やがて久彦が満足げに力を抜いて動きを弱めていくと、

「ああ……」

熱く声を洩らし、熟れ肌の硬直を解いてグッタリともたれかかってきた。

まだ膣内は名残惜しげな収縮を続け、刺激されるたびに彼自身はヒクヒクと過敏に中で跳ね上がった。

「あう、もう堪忍……」

佐和子も絶頂の直後で敏感になっているように呻き、幹の震えを抑えつけるようにキュッときつく締め上げてきた。

そして久彦は美熟女の豊満な温もりと重みを全身に受け止め、熱く悩ましい白粉臭の吐息を胸いっぱいに嗅ぎながら、うっとりと快感の余韻に浸り込んでいったのだった……。

3

「この間はすごかったわね。特別な体験だったわ」

呼び出されて奈津美のハイツを訪ねると、彼女が久彦に言った。

もちろん彼女が求めているのは快楽であり、先日の3Pの口直しのようなニュアンスもあるのだろう。

「同性でも抵抗はないのだけど、やっぱり男女二人でするのがいいわね」

奈津美が言う。

やはり彼女も、3Pを堪能しつつも、最終的には密室による二人きりの淫靡さを求めているようだ。

どうやら久彦と光代が二人きりで会ったことは知らないらしく、光代も言っていないようだから、彼も黙っていた。

とにかくベッドに迫ると、互いの淫気が一致しているように二人は服を脱いでいった。

手早く全裸になると、久彦は彼女の匂いの沁み付いたベッドに横になった。

「ね、好きにしてもいい？」

奈津美も一糸まとわぬ姿になり、いつものようにメガネだけかけて言った。

「こないだ三人でしたこと、今日は私だけでしてみたいの」

「ええ、好きにして下さい」

言われて、彼は仰向けの受け身体勢になりながら、期待に激しく勃起した幹を震わせた。

すると奈津美はベッドに乗ると、彼の顔の横にスックと立った。

見上げると、全裸のメガネ美女が見事なプロポーションで三十路の肌を息づかせ、そろそろと片方の足を浮かせて彼の顔に足裏を乗せてきた。

「ああ、気持ちいいわ……、こんなことするなんて……」

奈津美はすぐにも高まったように喘ぎ、グリグリと踏みつけてくれた。

久彦も足裏の感触を顔中に受けながら舌を這わせ、指の間に鼻を割り込ませて嗅いだ。

誰も似たように蒸れた匂いと、汗と脂の湿り気があるが、やはりその都度味わないと気が済まない。誰かの詩ではないが、みんな違ってみんないい、というのが女性への欲望の基本だ。

爪先にしゃぶり付き、順々に全ての指の股を舐めると、

「アア……！」

奈津美が熱く喘ぎ、ややもすればバランスを崩してギュッと体重をかけた。

やがて久彦が口を離すと、彼女は自分から足を交代して乗せ、彼も新鮮な味と匂いを堪能し尽くしたのだった。

「いい？」

そして奈津美は言うと、やはり自分から彼の顔に跨がり、ゆっくりしゃがみ込んできた。

スラリと長い脚がM字になると、ムッチリと張り詰めて量感を増し、濡れはじめている割れ目が鼻先に迫った。やはり彼女も、久彦を呼び出したときから期待に疼いていたのだろう。

覆いかぶさる美女の股間に圧倒されながら、そっと指を当てて陰唇を広げると濡れた膣口が妖しく息づき、光沢ある真珠色のクリトリスが愛撫を待つようにツンと突き立っていた。

やはり普段隠されている美女の秘部をジックリ見るというのは、何とも良いものだった。

腰を抱き寄せて茂みに鼻を埋めて嗅ぐと、今日も汗とオシッコの匂いが馥郁と蒸れて鼻腔を刺激してきた。

久彦は女臭を貪って胸を満たしながら、舌を挿し入れて淡い酸味のヌメリを掻き回し、息づく膣口からクリトリスまで舐め上げていった。

「アア、いい気持ち……」

奈津美が喘ぎ、しゃがみ込んでいられずに両膝を突き、グイグイと股間を彼の顔に押しつけてきた。

彼は心地よい窒息感に噎せ返り、恥毛で鼻を擦られながら愛液をすすり執拗にクリトリスを舐め回した。

さらに尻の真下に潜り込むと、顔中に弾力ある双丘を受け止めながら、谷間の蕾に鼻を押し付けて嗅いだ。

汗の匂いが蒸れて籠もり、それに秘めやかな微香も混じって悩ましく胸に沁み込んできた。彼は胸を満たしてから舌を這わせ、ヌルッと潜り込ませて滑らかな粘膜を探った。

「あう……」

奈津美が呻き、モグモグと肛門で舌先を締め付けながら、割れ目から滴る愛液で彼の顔を生ぬるく濡らしてきた。

やがて舌を移動させ、大洪水になっている愛液をすすって再びクリトリスに吸い付くと、

「ああ、いきそう、もういいわ……」

奈津美が言い、早々と果てるのを惜しむようにビクッと股間を離してきた。

そして仰向けの彼の上を移動し、股間に顔を迫らせた。

久彦も大股開きになると、奈津美は陰嚢にしゃぶり付いてから熱い息を股間に籠もらせ、すぐにも亀頭を舐め回して吸い、たっぷりと生温かな唾液に濡らしてくれた。

愛撫のためというより、挿入のため濡らしているだけのようで、すぐにも彼女はスポンと口を離して身を起こした。

前進して跨がると、先端に割れ目を押し付け、ゆっくり腰を沈ませながらペニスを膣口に受け入れていった。

「アアッ……、いい……!」

奈津美はヌルヌルッと滑らかに根元まで納めると、ビクリと顔を仰け反らせて喘いだ。

久彦もピッタリと密着する肉襞の摩擦と温もりを味わい、彼女を抱き寄せて顔を上げ、チュッと乳首に吸い付いていった。

「ああ、もっと吸って……」

奈津美が喘ぎ、柔らかな膨らみを彼の顔中にムニュッと押し付けてきた。

久彦も顔中で弾力を感じながら舌で転がし、執拗に吸い付くと、たまに前歯でもコリコリと刺激してやった。

もう片方も含んで舐め回し、さらに腋の下にも鼻を埋め込み、ジットリ湿って濃厚に甘ったるい汗の匂いを貪った。

「アア、突いて……」

待ちきれないように奈津美が言い、徐々に腰を動かしはじめた。

しゃくり上げるように動くたび、コリコリと恥骨の膨らみが擦られた。

久彦も両膝を立ててズンズンと股間を突き上げ、乳首と腋を味わったから、下から唇を求めていった。

「ンン……」

奈津美も熱く鼻をならして唇を重ね、彼が舌を入れて滑らかな歯並びを舐めると、すぐに彼女もチロチロと舌をからめてきた。

「唾を、もっと……」

口を触れ合わせたまませがむと、奈津美も懸命に分泌させてトロトロと口移しに注ぎ込んでくれた。

彼は生温かく小泡の多い粘液を味わい、うっとりと喉を潤すと甘美な悦びが胸いっぱいに広がっていった。

次第に互いの動きがリズミカルに一致して股間をぶつけ合うようにすると、ピチャクチャと淫らな摩擦音が聞こえ、溢れたヌメリが彼の陰嚢から肛門の方にまで熱く伝い流れてきた。

「アア……、いきそうよ、すごくいい……！」

奈津美が口を離すと、唾液に濡れた色っぽい唇で熱く喘ぎ、膣内の収縮を活発にさせていった。

久彦も高まりながら、彼女の口に鼻を押し込み、熱く湿り気ある息を嗅いだ。

奈津美も下の歯を彼の鼻の下に引っかけてくれ、惜しみなく熱くかぐわしい息を吐きかけてくれた。

今日もメガネ美女の吐息は悩ましい花粉臭の刺激を含み、嗅ぐたびに湿り気が鼻腔に広がり、うっとりと胸に沁み込んできた。

すると奈津美も心得たように、腰を遣いながら彼の鼻にしゃぶり付き、鼻の穴から鼻筋、頬や瞼にまで舌を這わせ、顔中を生温かな唾液でヌルヌルにまみれさせてくれた。

「ああ、いきそう……」

久彦も絶頂を迫らせて喘ぎ、股間の突き上げを強めていった。

「い、いっちゃう……、アアーッ……！」

すると奈津美が声を上ずらせ、たちまちガクガクと狂おしいオルガスムスの痙攣を開始したのだった。

彼も続いて、収縮と摩擦の渦の中、美女のかぐわしい吐息を嗅ぎながら激しく昇り詰めてしまった。

「いく……！」

突き上がる大きな絶頂の快感に口走ると、同時に熱い大量のザーメンがドクンドクンと勢いよく内部にほとばしり、奥深い部分を直撃した。

「あう、気持ちいい……！」

噴出を感じた奈津美が呻き、大量の愛液を漏らしながら、さらにキュッキュッときつく締め上げてきた。

久彦は心ゆくまで快感を味わい、最後の一滴まで出し尽くすと、満足しながら徐々に突き上げを弱めていった。

「アア……、溶けそう……」

奈津美も満足げに声を洩らすと、肌の強ばりを解いてグッタリと体重を預けてきた。

膣内の蠢きに刺激され、過敏になった幹が中でヒクヒクと跳ね上がった。

彼は重みと温もりを感じ、奈津美の湿り気ある花粉臭の息を嗅ぎながら、うっとりと快感の余韻に浸ったのだった。

やがて呼吸も整わないうち、奈津美がそろそろと股間を引き離してゴロリと添い寝してきたので、彼は甘えるように腕枕してもらい、温もりの中で荒い息遣いを整えた。

「夏休みは、家へ帰るの？」

奈津美が訊いてきた。彼女は講師として、まだまだ補習の相手もしなければならず忙しいようだ。

「ええ、近々湘南に帰ります。色々報告することもあるし」

「そう、二人でどこかへ行きたいわね」

「こっちへ戻ったら連絡するので、そのとき打ち合わせましょう」

久彦は答え、彼女との一泊旅行も良いかも知れないと思ったのだった。

4

「そろそろ弓道ともお別れです……」

マンションを訪ねると、恵利香が寝室の壁に飾られた継ぎ矢を見ながら久彦に言った。

都内生まれの彼女の夏休みは、やはり父親の商事会社の仕事をし、来春から正社員になる準備をするようだ。一人娘だから、やがては婿を取り、社を継いでゆくためにすることが山ほどあるのだろう。

だから弓の方は趣味として続けるにしても、当分は時間も取れないらしい。それでも彼女は充分に好成績を残したし、後輩が頑張って、廃部の危機は乗り越えられそうなので一安心したようだった。

今日も午前中に後輩の面倒を見て、学食で昼を終えて帰宅しながら、彼にラインして来たのである。

もちろん快感が忘れられず、こうして久彦を呼んだのである。

彼も欲情して脱いでゆくと、恵利香もブラウスのボタンを外しはじめた。

「本当に、シャワーも歯磨きもダメなんですか……」

彼女がモジモジと言う。久彦がラインで要求したことを、ちゃんと守ってくれたらしい。

彼はあやかしの力を宿しているから、恵利香もこっそり洗ったりすることが出来ないようだった。

「うん、自然のままが一番いいんだ」

久彦は答えて全裸になり、横になって枕に沁み付いた美人女子大生の匂いを貪って激しく勃起した。恵利香も意を決し、もうためらいなく最後の一枚まで脱ぎ去ると、ベッドに横になってきた。

彼は身を起こして足の方に向かい、足裏に舌を這わせて指の間に鼻を割り込ませて嗅いだ。今日も彼女は後輩を相手に指導して動き回っていたから、そこは生ぬるい汗と脂にジットリ湿り、ムレムレの匂いが濃厚に沁み付いて鼻腔を刺激してきた。

「匂いが濃くて嬉しい」

「あう……！」

嗅ぎながら言うと、恵利香が呻いてビクリと反応した。

彼は両足とも存分に蒸れた匂いを嗅ぎ、爪先にしゃぶり付いて全ての指の股に舌を潜り込ませて湿り気を味わった。

恵利香もクネクネと身悶え、熱い呼吸を繰り返していた。

久彦は味わい尽くし、股を開かせて脚の内側を舐め上げていった。

ムッチリと張りのある白い内腿を舌でたどり、股間に迫ると熱気と湿り気が顔中を包み込んできた。

見ると割れ目からはみ出す陰唇は、すでにネットリとした大量の蜜に潤い、指で広げると花弁状の膣口もヒクヒクと妖しく息づき、クリトリスも精一杯ツンと突き立っていた。

吸い寄せられるように顔を埋め込み、柔らかな茂みに鼻を擦りつけて嗅ぐと、やはり隅々には甘ったるく蒸れた汗の匂いと残尿臭の成分が濃厚に沁み付き、悩ましく鼻腔を刺激してきた。

「いい匂い」

「く……！」

またうっとりと嗅ぎながら言うと恵利香が呻き、内腿でキュッときつく彼の顔を挟み付けた。

久彦は舌を挿し入れ、淡い酸味の蜜を掻き回して膣口の襞を探り、味わいながらクリトリスまで舐め上げていった。

「アアッ……！」

恵利香が身を弓なりに反らせて喘ぎ、内腿に力を込めた。

彼はチロチロと舌先で弾くようにクリトリスを刺激しては、新たにトロトロと溢れてくる愛液をすすった。

さらに彼女の両脚を浮かせ、形良く白い尻に迫った。

谷間の蕾に鼻を埋め込むと、やはり蒸れて秘めやかな匂いが籠もり、妖しく鼻腔を刺激してきた。

充分に嗅いでから舌を這わせ、細かに震える襞を濡らしてヌルッと潜り込ませると、それはさすがにローターの挿入に慣れているだけあり、丸く開いて受け入れてくれた。

「あう……」

恵利香が呻き、モグモグと肛門で舌先を締め付けてきた。

久彦は淡く甘苦い、滑らかな粘膜を充分に探ってから舌を離し、唾液に濡れた肛門に左手の人差し指を潜り込ませていった。

指はズブズブと根元まで潜り込み、彼は美女の肛門に深々と差し入れたことに激しく興奮した。

さらに右手の指を膣口に入れて内壁を小刻みに擦り、天井のGスポットの膨らみも指の腹で圧迫しながら、再びクリトリスに吸い付いた。

「ああっ……、い、いきそう……！」

最も感じる三カ所を同時に刺激され、恵利香が激しく身をくねらせて喘いだ。

前後の穴が指をきつく締め付け、愛液も潮を噴くように大量に溢れて割れ目から内腿までビショビショにさせた。

ローター挿入により、肛門も相当に感じるようだ。

「あう、ダメ、いく……！」

彼女が言うなり反り返ったまま硬直し、あとはヒクヒクと痙攣するだけになった。どうやらオルガスムスに達してしまったようだ。

久彦は、恵利香がグッタリと力を抜くと、舌を離して前後の穴からヌルッと指を引き抜いてやった。

「う……」

抜ける瞬間、恵利香は小さく呻きビクリと震えた。

肛門に入っていた指に汚れの付着はないが、生々しい微香が感じられた。

指の間に茶色いカスでもあればばからかおうと思ったが、可哀想なので茶カスのはやめた。

膣に入っていた指は攪拌され白っぽく濁った愛液にネットリとまみれ、指の腹は湯上がりのようにふやけてシワになっていた。

やがて彼は添い寝し、正体を失って荒い呼吸を繰り返している恵利香の乳首を吸い、両方とも交互に含んで充分に舐めた。

そして顔中で張りのある膨らみを味わってから、腋の下にも鼻を埋め込み、濃厚に甘ったるい汗の匂いに噎せ返った。

「ああ……」

彼女が声を洩らし、徐々に我に返りはじめたようだ。やはり同じ果てるなら挿入を望んでいるだろうから、まだまだ恵利香の興奮と欲求は治まっていないようだった。

腕枕して抱き寄せ、恵利香の口に乳首を押し付けると、彼女も熱い息で肌をくすぐりながら、チロチロと舐め回してくれた。

「ああ、気持ちいい、噛んで……」

囁くと、恵利香も綺麗な歯並びでキュッと甘く噛んだ。

「あう、もっと強く……」

さらにせがんで仰向けになると、彼女も上からのしかかって彼の左右の乳首を舌と歯で刺激し、さらに肌を舐め降りていった。

大股開きになると彼女は真ん中に腹這い、久彦が両脚を浮かせて抱えると、すぐにも尻の谷間を舐め回してくれた。

「あう……」

舌先がヌルッと潜り込むと久彦は快感に呻き、美女の舌先をキュッと肛門で締め付けた。

恵利香も中で舌を蠢かせ、やがて引き抜いて脚を下ろした。

「ローター入れてみますか」

「いや、いい……」

さすがに恐くて尻込みすると、彼女も追求せず陰嚢を舐め回してくれた。

二つの睾丸を転がし、熱い鼻息で肉棒の裏側をくすぐり、袋全体を生温かな唾液にまみれさせてから、身を乗り出してペニスに舌を這わせてきた。

滑らかな舌が先端までくると、濡れた尿道口をチロチロと舐め回し、そのまま丸く開いた口でスッポリと喉の奥まで呑み込んでいった。

たちまち彼自身は、美女の清潔な口腔に根元まで納まり、ヒクヒクと快感に幹が震えた。

「ンン……」

恵利香も小さく呻き、熱い鼻息で恥毛をそよがせながら幹を締め付けて吸い、口の中ではクチュクチュと満遍なく舌をからめてくれた。

「ああ、気持ちいい……」

久彦は喘ぎながら、ズンズンと股間を突き上げた。

彼女も顔を小刻みに上下させ、強烈な摩擦を繰り返した。

「い、いきそう、入れたい……」

絶頂を迫らせて言うと、彼女もスポンと口を引き離して身を起こし、

「上からでいいんですよね」

いいながら跨がり、先端をゆっくりと膣口に受け入れながら腰を沈めてきた。

ヌルヌルッと滑らかな肉襞の摩擦が幹を包み、根元まで入ると彼女は股間を密着させ、すぐにも身を重ねてきた。

「アア、いい気持ち……」

恵利香がうっとりと喘ぎ、すぐにも腰を動かした。

久彦も両手で下からしがみつき、両膝を立てて尻を支えながら、合わせて股間を突き上げはじめた。

彼はジワジワと高まりながら顔を引き寄せ、唇を重ねて綺麗な歯並びに舌を這わせると、恵利香もネットリと舌をからめてくれた。

生温かくトロリとした唾液が注がれると、久彦はうっとりと味わい、コクンと飲み込んで喉を潤した。

さらに恵利香の喘ぐ口に鼻を擦りつけ、熱く湿り気ある吐息を胸いっぱいに吸い込んだ。

今日も彼女の吐息はシナモン臭をベースとして、昼食の様々な成分のミックス臭を濃厚に混じらせて、悩ましく彼の鼻腔を刺激してきた。

「ああ、女の匂い……」

久彦は酔いしれながらいい、股間の突き上げを強めていった。

匂い以上に、美女が一度吸い込み、要らなくなって吐き出した気体を吸って生きていることに、言いようのない悦びを感じるのだった。

恵利香も恥じらいながら彼の鼻の頭にしゃぶり付き、腰の動きを激しくさせ収縮を活発にさせていった。

「ね、お口に出してくれますか……」

すると彼女が動きを弱めて言った。まるで激しすぎる快感を予感し、恐ろしくなったかのようだ。

「ダメ、匂いを嗅ぎながらいきたい」

「じゃ、済んだらお口で綺麗にしますね……」

彼が言うと恵利香が答え、それならと本格的にフィニッシュを目指して動きはじめた。

すると、たちまち彼女がガクガクと狂おしい痙攣を開始したのだ。

「い、いっちゃう……！」

たちまち恵利香がオルガスムスに達して口走り、彼も続いて収縮する肉襞の中で昇り詰めてしまった。

「く……！」

久彦も呻きながら絶頂の快感に貫かれ、ありったけの熱いザーメンをドクンドクンと勢いよく中にほとばしらせたのだった。

「あう、熱いわ、もっと……！」

恵利香は噴出を感じて呻き、あとは声もなく彼の上でヒクヒクと身を震わせ続けた。

久彦も快感を嚙み締め、心置きなく最後の一滴まで出し尽くし、すっかり満足しながら突き上げを弱めていったのだった。

「ああ……」

恵利香も声を洩らして力を抜き、グッタリともたれかかってきた。

彼は息づく膣内でヒクヒクと過敏に幹を震わせ、恵利香の吐き出す息を間近に嗅ぎながら、うっとりと快感の余韻に浸り込んだのだった。

するとと呼吸も整わないうち、恵利香が股間を引き離して移動していった。

そして愛液とザーメンにまみれた亀頭にしゃぶり付き、まるで渇きを癒やすように吸いながら念入りに舌を這わせてきたのだ。

「あうう、も、もういい……」

久彦は呻き、クネクネと過敏に腰をよじりながら降参したのだった……。

5

「まあ、せっかく買ったのに、まだ使っていないの？」

翌日、昼前に訪ねて来た亜美が、洗濯機を開けて言った。

「じゃ今洗うわ。全部脱いで」

彼女は言って、自分も服を脱ぎ、どんどん洗濯機に押し込んでいった。

「全部脱いで帰りは大丈夫なの？」

「ええ、持ってきたから、それ着て帰るわ。さあ早く」

久彦が言うと、彼女は洗剤を入れてセットしながら答えた。彼も全て脱ぎ去って洗濯機に入れると、亜美がスタートさせた。そして洗濯機が回りはじめると、ちょうど二人全裸になったので寝室に移動した。

「これ持ってきたのよ。高校時代の制服」

「うわ、着てみて」

亜美が持って来た紙袋を開けると、中にセーラー服が入っていた。

持ったまま寝室へ移動すると、彼女も全裸の上から濃紺のスカートを穿き、白い半袖のセーラー服を着て見せてくれた。

襟も紺で、襟と袖に白線が三本、そしてスカーフは白だった。

彼女は、これを切ると久彦が悦ぶと思い持って来てくれたらしい。

「すごく可愛いよ」

久彦は勃起しながら言い、亜美をベッドに誘った。

もともと若作りだから、これを着て帰っても、誰も変に思わないだろう。

「じゃここに座ってね」

彼はベッドに仰向けになり、前にもしてもらったように下腹を指して言った。

亜美も素直に跨がり、裾をめくり上げて割れ目を直に密着させて座り込んでくれた。

「ああ、可愛い……」

彼は眺めにうっとりと言い、亜美の両脚を伸ばさせて顔に引き寄せた。

両の素足の裏が顔中に押し当てられ、彼は美少女の全体重を受けながら舌を這わせ、指の股に鼻を押し付け、ムレムレの匂いを貪った。

そして爪先にしゃぶり付き、両足とも順々に指の間に下を割り込ませて味わってゆくと、

「あん、くすぐったいわ……」

亜美が声を洩らし、濡れはじめた割れ目を彼の下腹に擦り付けてきた。

両足とも味と匂いを貪り尽くすと、久彦は彼女の両手を引っ張り、前進させて顔を跨がらせた。

亜美も素直に和式トイレスタイルでしゃがみ込むと、白い内腿がムッチリと張り詰め、丸見えになった割れ目が鼻先に迫った。

濃紺のスカートが覆いかぶさっているので亜美の表情は見えないが、薄暗い中に悩ましい匂いを含んだ熱気が生ぬるく籠もった。

腰を抱き寄せて若草の丘に鼻を埋めると、汗とオシッコの匂いが悩ましく籠もり、淡いチーズ臭も蒸れて混じり、悩ましく鼻腔を刺激してきた。

久彦はうっとり嗅いで胸を満たしながら、舌を挿し入れて淡い酸味の蜜を掻き回し、膣口から大きなクリトリスまで舐め上げていった。

「あん、いい気持ち……」

亜美が腰をくねらせて喘ぎ、新たな蜜をヌラヌラと漏らしてきた。

彼はヌメリをすすって味と匂いを堪能すると、もちろん大きな水蜜桃のような尻の真下にも潜り込み、顔中に弾力ある双丘を受け止め、谷間の蕾に鼻を埋め込んで嗅いだ。

蒸れて籠もる微香を貪り、舌を這わせてヌルッと潜り込ませると、

「あう……」

亜美が呻き、モグモグと肛門で舌先を締め付けてきた。

久彦は滑らかな粘膜を探ってから、やがて美少女の前も後ろも存分に味わい尽くしたのだった。

すると、すっかり息を弾ませた亜美も股間を浮かせて移動し、彼の脚の間に腹這いになり、可憐な顔を迫らせてきた。

すぐにも先端にしゃぶり付いて舌をからめ、深々と含んでは吸い付きながら顔を上下させ、スポスポと摩擦してくれた。

「ああ、気持ちいい……」

久彦は、股間に熱い息を受けながら強烈な愛撫に喘いだ。

股間を見ると、とびきり可憐なセーラー服の美少女が、頬を上気させて亀頭を吸い、執拗に舌をからめているのだ。

おしゃぶりしながら彼女もたまにチラと目を上げる、はにかみの表情が何ともゾクゾクと興奮を高めてくれた。

「い、入れて……」

すっかり絶頂を迫らせた久彦が言うと、亜美もチュパッと口を離して身を起こし、前進して跨がってきた。

裾をめくって先端を割れ目に当て、位置を定めるとゆっくりしゃがみ込んだ。たちまち屹立したペニスは、ヌルヌルッと滑らかに根元まで呑み込まれ、座り込んだ彼女の股間がピッタリと密着してきた。

「アア……、いい気持ち……」

亜美が顔を仰け反らせて喘ぎ、キュッキュッと味わうように締め付けてきた。

久彦も、セーラー服姿で交接して上体を起こしている亜美を見ながら、膣内の幹をヒクヒク震わせた。

そして両手で抱き寄せ、裾をめくり上げると張りのあるオッパイがはみ出して彼はチュッと薄桃色の乳首に吸い付いていった。

左右の乳首を交互に含んで舐め回し、さらに乱れた制服の中に潜り込み、ジットリ湿った腋の下にも鼻を擦りつけ、何とも甘ったるい汗の匂いを貪って酔いしれた。

「ああ、いきそうよ……」

緩やかに腰を遣いはじめた亜美が喘ぎ、溢れる蜜で律動を滑らかにさせていった。久彦も両膝を立てて尻を支えながらズンズンと股間を突き上げ、急激に高まっていった。

そして充分に体臭を味わってから、彼は亜美の顔を引き寄せて唇を重ね、ぷっくりした弾力を味わいながら舌を挿し入れ、滑らかな歯並びを舐め回した。

「ンン……」

亜美も熱く鼻を鳴らして舌をからめ、トロトロと生温かな唾液を注ぎ込んでくれた。

久彦はうっとりと味わって喉を潤し、絶頂を迫らせて突き上げを強めた。

すると膣内の収縮もキュッキュッと最高潮に激しくなり、彼女が堪らず口を離して熱く喘ぎはじめた。

「い、いっちゃう……、気持ちいいわ、アアーッ……!」

たちまち亜美は声を上ずらせて、ガクガクと狂おしい絶頂の痙攣を開始したのだった。

久彦も収縮と摩擦の中、美少女の何とも甘酸っぱい吐息を嗅ぎながらオルガスムスに達してしまった。

「く……！」

突き上がる大きな絶頂の快感に呻き、ありったけの熱いザーメンをドクンドクンと勢いよく柔肉の奥にほとばしらせると、

「あ、熱いわ、すごくいい、もっと……！」

奥深い部分に噴出を感じた亜美がビクリと反応し、切羽詰まったように早口で言った。

やはり少しでも快感の頂点にあるうちに、刺激を受けたいのだろう。

彼も脈打つように射精しながら快感を噛み締め、心置きなく最後の一滴まで出し尽くしていった。

膣内はきつく締まり、もう妊娠しているというのに、ザーメンを一滴残らず飲み込もうとするように妖しく蠢いた。

「アア、締まる……」

久彦は魂まで吸い出されそうな心地に喘ぐと、ようやく彼女もきつい締め付けを弱めてくれた。

満足しながら徐々に突き上げを弱めていくと、

「ああ……」

亜美も満足げに震える声を洩らし、強ばりを解いてグッタリともたれかかってきた。

久彦は、息づく膣内でヒクヒクと過敏に幹を跳ね上げ、美少女の吐き出す濃厚な果実臭の息で鼻腔を刺激されながら、うっとりと快感の余韻に浸り込んでいったのだった。

「アア、気持ち良かったわ……」

亜美が言い、荒い息遣いのままそろそろと股間を引き離し、ゴロリと横になった。久彦も処理は後回しにし、甘えるように腕枕してもらい、セーラー服の美少女の胸に抱かれて呼吸を整えた。

「明日、一緒に湘南へ行こう。親に会ってほしいので」

「ええ、分かったわ。このセーラー服じゃダメ?」

「あはは、ただでさえ少女っぽいんだから、少し大人っぽい服にして」

久彦は笑って答えた。

親に会うと言っても亜美は、それほど緊張している様子もない。

何しろ彼の親より長く生きているのだし、恐らく何の問題もないと予知しているのだろうと、久彦は思ったのだった……。

＊この作品は、書き下ろしです。また、文中に登場する団体、個人、行為などは実在のものとはいっさい関係ありません。

二見文庫

母《はは》と娘《むすめ》と寝室《しんしつ》で

著者　睦月影郎《むつきかげろう》

発行所　株式会社 二見書房
東京都千代田区神田三崎町2-18-11
電話 03(3515)2311 [営業]
03(3515)2313 [編集]
振替 00170-4-2639

印刷　株式会社 堀内印刷所
製本　株式会社 村上製本所

落丁・乱丁本はお取り替えいたします。
定価は、カバーに表示してあります。

ISBN978-4-576-20114-6
https://www.futami.co.jp/

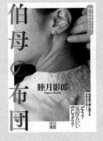